天使不回家

每個天使來到地球，
都負有神祕任務。
任務完成之後，
天使就必須回家嗎？

溫小平◎文　詹迪爾◎圖

推薦序◎林良

我讀《天使不回家》

《天使不回家》是幼獅文化公司為少年讀者編印的文學讀物。作者溫小平女士，是一位喜歡為少年讀者寫作的作家。這本書，是她為少年讀者寫的中篇小說。

在西方的文學裡，天使「安琪兒」往往被描寫成為長了一對翅膀的可愛小女孩。這些小天使來自天國，在人間玩玩，時候一到再回歸天國，是很自然的一件事情。但是她們享受到人間的溫馨以後，卻不想再離開了。

她們反而把是否回到天國，看成一項痛苦的選擇，不想回家。最後到底怎麼取捨，就是這篇小說要告訴少年讀者的一個故事。這故事，是一個關於「生命」的感人故事。

故事的主角「黃舒雅」，是一所國小的應屆畢業生。她人緣好，功課好，受到父母的寵愛，當選在畢業典禮上代表畢業生致答辭。沒料到她講完答辭要回座的時候，竟無端的從講台上摔下來。經過仔細檢查，醫生斷定她得了骨癌，使她幾度進出兒童癌症病房，甚至不斷面臨死亡的威脅。

看似擁有幸福的黃舒雅，現在面臨的情況是她有可能失去一切的幸福。如果說，她是從天國來的一個小天使，那麼再過不久，當她完成任務，就會是應該回去的時候。她該怎麼面對自己生命最大的變化？

我們愛讀小說，有時候是因為小說能提供許多讀者沒法子親臨的地方。這篇小說為少年讀者提供了一所大醫院日間、夜間活動的場景，更提供了大多數的人無法看到的兒童癌症病房的活動場景以及出現在場景裡的人物。是這篇小說好看的地方。

作者也運用了許多小說技巧，例如一再發生的意外所造成的情節變化。例如一些難以避免的衝突在發生之前所形成的緊張，都是我們被小說吸引的原因。除了這些技巧以外，作者更常用到一種「延宕」的技巧。這技巧使我們在閱讀的時候有所牽掛，也就是被吸引。

所謂「延宕」的技巧，就是作者提前宣告事情就要發生，但是拖延著不再提及。小說裡黃舒雅母親的失蹤，令人覺得奇怪。作者早早提到母親終必出現，但是母親真正的出現卻一再被拖延，直到小說的最後。這是一個例子。

在這篇小說裡，作者並不出面說教。她僅僅借用黃舒雅的好朋友「小文」口中的一番話，替她說出對「生命」的正確看法，以及另一個好朋友「跳跳球」從小演員變大明星的故事，讓她懂得珍惜擁有的幸福。這是這篇小說比較嚴肅的部分。嚴肅是嚴肅，我們卻已經把這篇好看的小說看完了。

我相信，這是一本值得少年讀者一讀再讀的好小說。

她是天使下凡來

自序◎溫小平

對於天使，我知道的不多，但是我要說的，卻是關於天使的故事。

首先，我要自首。

我認識的一個女孩小文，十歲時罹患骨癌，勇敢樂觀對抗癌症的表現，讓我們大人都驚訝不已。她病後一年多，我自告奮勇要幫她寫故事，因為她很愛看我寫的童書，我又罹患過兩次癌症，做過她兒童主日學

的老師，跟她一起玩過、鬧過，彼此都熟悉。

小文答應了，她的爸媽都說好，某家出版社也正在積極物色撰稿的人選，就這麼一拍即合。

可是，攔阻好大，我的身體不斷出狀況，靈感枯竭，重寫、改寫又重寫，很少遇到這樣的情況。是我自不量力嗎？

真不想寫了，放棄算了，最好是出版社告訴我，要換人寫了。可是，沒有，每隔一陣子，他們催我，進展如何？半年、半年過去了。

我提出大綱，不適合。我斷斷續續採訪，還是沒感覺。

原來，我心底是希望小文會痊癒，所以我要等到她康復的時候才寫。

未料情況急轉直下，小文的病愈來愈嚴重，我之前寫的幾萬字幾乎全部作廢。但是這段期間，小文卻激勵了更多人，更多奇妙的生命故事不斷發生……我必須調整書寫方向，並且加快速度，至少讓她來得及看到這本關於她的故事書。

壓力大了、頭痛了、血壓高了、睡不著了，可是，一邊要煮小文愛吃的食物，一邊要寫稿，我在跟時間賽跑，幾乎快要崩潰了，加上我的右手開始劇痛，我跟小文說抱歉，要把時間花在寫稿上面，減少探望她的次數。

她說了好幾遍，沒關係沒關係沒關係……溫柔的眼神望著我。我真的很抱歉，辜負了她的期望。

她躺在病榻，這麼累，說話喘，時時昏睡，我還要她回想過去的點滴……她依然說的不多，但是，從她安詳的面容，我卻深深體會到，她正用每一次的笑容，跟我說著她的生命故事，即使面對危難，也不要失去喜樂的心。

事隔多年，我反覆推翻前面的文稿，前後寫了二十幾萬字，然後全部放棄。在一個失眠的夜晚，靈感突然竄出，我在一夜之間確定了《天使不回家》的故事大綱，以小文最喜歡的兒童故事方式書寫。

雖然小文的面容時時縈繞，心中也充滿不捨，我卻是快樂的，書寫也很順利，就這樣一篇故事一篇故事寫下去，終於寫完時，彷彿聽到小文的

琴聲，悠悠傳來。

我抬起頭來，窗外的陽光那麼溫柔，我輕聲問著，小文，你在天堂，好嗎？

《天使不回家》這個故事，是從另一個罹患骨癌的女孩舒雅開始說起，讓小文和一個沒沒無聞的小演員——跳跳球做舒雅的好朋友，陪伴她、鼓勵她。小文看起來好像不是女主角，其實她就是女主

角，穿越在書中的每一頁，呼吸著、心跳著。

我們一直以為，生病是老人家的事，怎麼知道，病菌也會攻擊年輕的生命。舒雅和一群醫院裡的孩子，因為癌症改變了生命態度，卻也影響著許多大人。

其中有些孩子提早離開人世，父母擔心他們害怕面對死亡，於是告訴他們，他們已經完成任務，所以回天堂做小天使去了。例如小文，她就是一個快樂天使。留下來的天使就要繼續傳遞愛的任務，讓更多人知道，微笑面對困難，再困難也不放棄。

我相信，認識小文，肯定是上帝的安排。而你讀到這本書，更是上帝送給你的禮物。

目錄

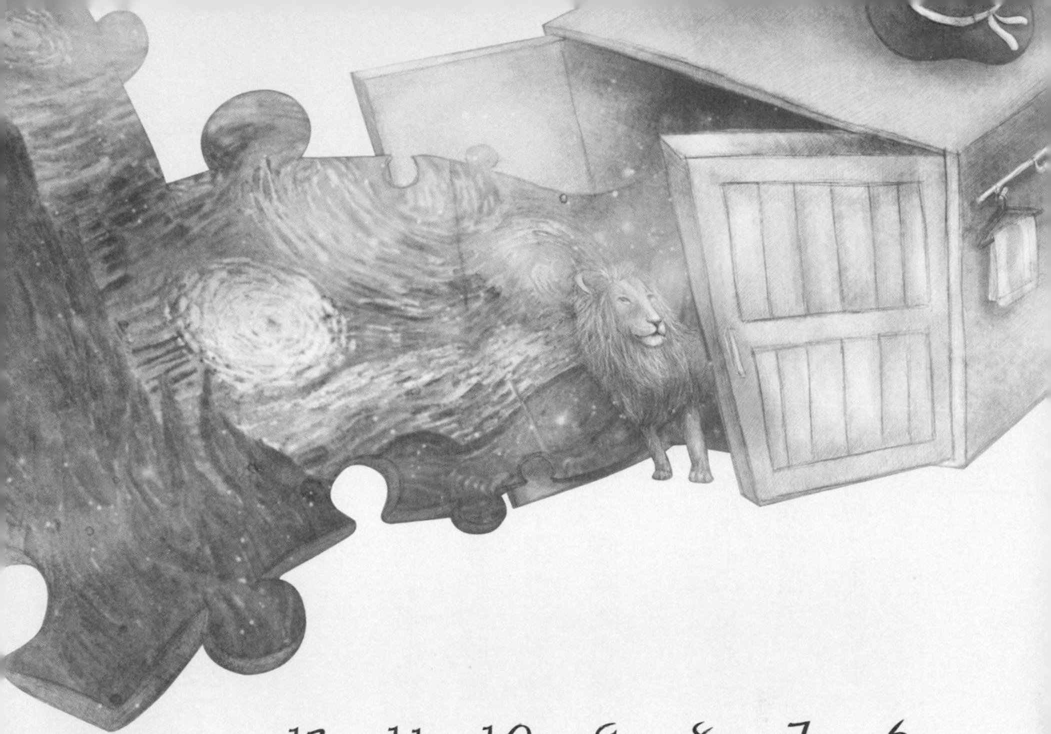

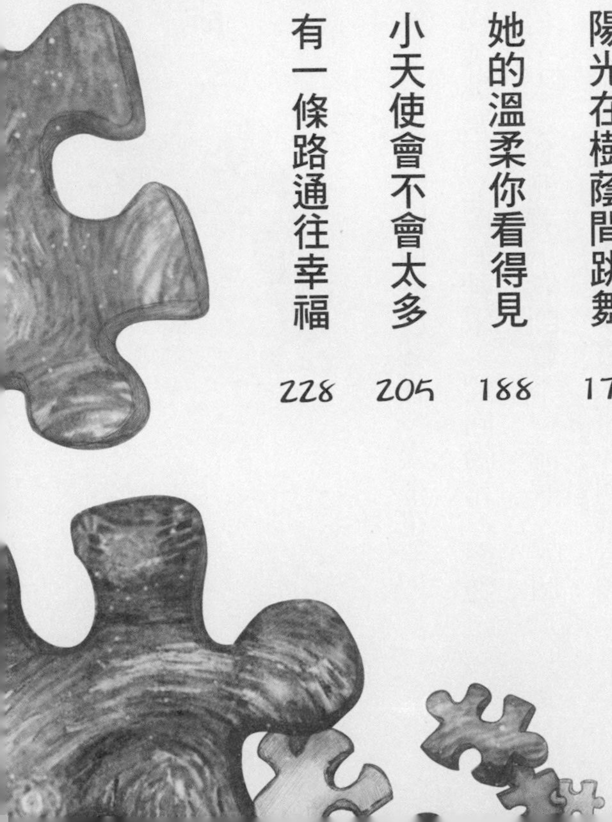

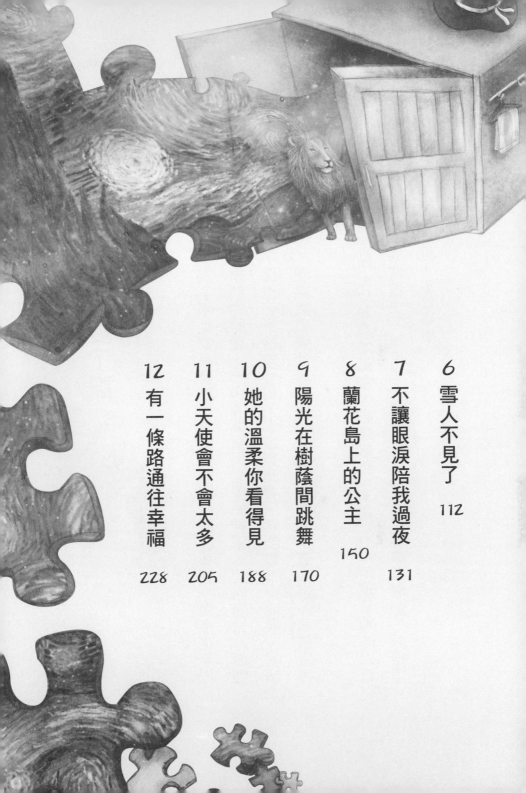

1 畢業典禮變了調

學校禮堂裡坐滿了學生家長及應屆畢業生，門口擺放著許多大小花架，綻放的向日葵如同學們的臉龐，充滿著興奮與亮麗的神采，迎向陽光，蓄勢待發。但也免不了瀰漫著不捨的心情，大家猜測著，老師會不會流淚，哪個同學哭得最淒慘，嘰嘰呱呱聲此起彼落，直到重量級的來賓入座，司儀宣布畢業典禮開始。

黃舒雅環顧她十分熟悉的禮堂，心跳略快，力持鎮定，這是她的大日子，雖然她已經期待很久，準備了一個多月，稿子也背得滾瓜爛熟，對她這個演講常勝軍來說，不算難事。

可是，就在不久前，她才知道，家長會會長動用關係，堅持要讓他的女兒，也是舒雅的死對頭張敏敏代表畢業生致答辭，學校分成兩派，最後以六年來各項成績評比，舒雅才穩坐致答辭的代表位置。

即使她坐在禮堂第一排，也可以感受到隔著好幾排後張敏敏那不懷好意、希望她出糗的眼光。幸好她剛剛去洗手間時，遇到副班長杜仲宇，為她加油打氣，「舒雅，發揮你平常的水準就好了，越自然越好。」讓她的緊張心情添了一點溫馨。

因為她知道，張敏敏很喜歡杜仲宇，常常跟別人說，她長大以後要嫁給杜仲宇，也不管杜仲宇是不是喜歡她。

當然，舒雅也很在乎媽媽的肯定，因為她知道，爸媽最近的感情好像水跟火，雖然沒有鬧到要離婚的地步，但只要一點不如意事，就可以引發媽媽心中火苗，釀成巨災，她不要讓自己的差勁表現成為媽媽發飆的藉口。

節目一個個進行著，來賓致辭、合唱團表演、室內樂團表演，終於輪到舒雅上台，她深吸一口氣，站起身，拉拉裙擺，以堅定的步伐、優雅的姿態往舞台走去。從小自我要求高，樣樣考第一，似乎為著第一而活的舒雅，她要讓爸媽知道，她是他們的驕傲。

舒雅以她慣有的亮麗嗓音開場，略帶感性，卻不做作，加上她自己撰寫、導師修飾過的稿子，她不疾不徐的說出六年來眼中的觀察、心中的感動、記憶中的美好，最後，她說：

「每個人生命中都存在著不同的記憶，這些記憶或許會隨著時間變淡，甚至消失，但是，我相信，這六年的點點滴滴，都會成為我們生命的養分，每一位老師同學的話語面容，將形塑成我們生命的一片美好拼圖，希望每一位畢業的同學，踏出校門後，都能展開與眾不同的美麗人生。」

台下如同預期的響起熱烈的掌聲，尤其是舒雅的母親，掌聲更是久久不歇，恨不得告訴所有人，台上致答辭的是她的女兒。

舒雅面帶笑容，鞠躬下台，剛要踏下階梯，她忍不住用眼角餘光望了望杜仲宇，未料，卻看到張敏敏正在跟杜仲宇咬耳朵，她一恍神，踏空階梯，整個人摔跌下去，所有的從容霎時崩解，羞慚的感覺撲天蓋地而來，她雙手急急揮著，卻抓不到任何扶持，搞不清楚發生何事，她瞬間趴向階梯下的地板。

也不過一秒鐘的暈眩，就近的司儀和服務同學靠過來要拉起她，舒雅用手撐地，率先著地的左大腿卻一陣劇痛，她根本無法站起來。

她萬萬沒想到，即使下了台，她還是成為焦點，可是，她不要成為這樣狼狽的焦點，她要立刻爬起來逃離現場，否則她絕對會被媽媽罵到臭頭罵到死。

她幾番努力，額頭都是汗，卻怎麼也抬不起腳，司儀以為她故意耍賴，不想站起來，口氣不怎麼好，「黃舒雅，你幹麼還不起來？畢業典禮還要繼續呢！」

這時，導師彭碧涵衝過來，摸了摸舒雅的左大腿，忍不住驚叫，「你的腿斷了！大家不要碰她，趕快打119叫救護車。」

校長、爸爸媽媽、杜仲宇、張敏敏和其他同學都圍了過來，校長關切的探問，「彭老師，舒雅還好嗎？」一邊忙著指揮現場，要大家盡快回座。這時，舒雅清楚聽到媽媽說：「怎麼連下個樓梯都會摔跤，真是丟臉，還不快點站起來。」

張敏敏則尖著嗓子說：「黃舒雅就喜歡做一些驚天動地、引人側目的事情，這下子，全校的人都會記得她了。」

舒雅趴在地上，慶幸別人看不到她淚流滿面、沾了灰塵的狼狽面孔，她的腦袋迅速轉著，她的腿斷了？怎麼會斷了？都怪她為什麼要恍神，她彷彿是中了張敏敏的毒箭，讓她所有的美好在最後前功盡棄，校園裡永遠都會談論她在畢業典禮摔跤的糗事，說不定還會有人把這副場景貼上網，然後一堆莫名其妙的人就會按讚……

她強忍著痛楚，不敢哭出聲來，直到上了救護車，依舊維持著趴臥的姿勢，她側著臉，在救護車的顛簸中，終於慘叫出聲，「我的腿好痛，痛死了，我的腿好痛……」眼淚控制不住的啪啦啪啦滾落。

媽媽卻拍拍她完好的右腿制止她，「不要叫，怪誰？誰要你不好好走路。」

爸爸則在一旁小聲勸說：「雅雅都痛成這樣，你少說幾句好不好？雅雅，乖，很快就到醫院，醫生會幫你把腿接起來，不用擔心，爸媽在你身邊。」

舒雅卻擔心，中午的慶功宴、暑假的遊學團……全都要泡湯了嗎？

抽血檢查和照了X光後，舒雅獨自躺在急診室的外科病床上，身邊沒有一個人，她勉強轉動著頭，只看到周遭一些冰冷的醫療器材，冷氣也好冷，左腿的痛楚不斷陣陣席捲，一波又一波，好不容易看到護士經過，她連忙問，「護士姐姐，我的腿好痛……？我媽媽呢？」

護士低聲回答，「你的腿斷了，醫生正在看你的片子，跟你爸媽討論病情……」

舒雅把頭轉向病房外，剛好看到爸媽跟穿著白袍的醫生說話，難得看到爸爸用手扶著媽媽的肩膀，突然，媽媽好像中了魔法，整個人鬆軟下去，跌坐在地，爸爸連忙蹲下去，兩個人緊緊抱著，然後就傳來媽媽的哭聲，在走廊角落縹縹渺渺，舒雅卻聽得十分真切，心不由抽緊著。

怎麼回事？到底怎麼回事？她只不過是跌斷腿，只要接起來就好了，她可以灌石膏、打鋼釘，她會跟媽媽保證她絕對不哭，她不會讓媽媽繼續丟

臉。

爸媽靠過來，緊閉嘴脣，眼光不敢跟舒雅交集似的，刻意撇開頭，舒雅剛要開口問，她的病床就被護士推出急診室，是要幫她動手術嗎？電影裡都是這樣演的，她會被推入手術室，接著麻醉，然後她會睡著，醒來後，她的腿灌了石膏，高高吊起，她就無法動彈，那她如果要上廁所怎麼辦？

想到這裡，她突然覺得尿急，可是，她躺在床上，要怎麼上廁所？她不敢開口，每個人的臉孔都如此嚴肅、冒著寒氣，她好像遭到外星人劫持，不曉得要被送到哪兒去？

沒想到，醫生只是幫她用核磁共振檢查，幾番折騰，痛得她死去活來，眼淚滿臉之後，卻沒有接好她的斷腿。醫生跟她爸媽小聲交談後，護士就將她推往七樓的兒童病房。

什麼時候才要接好她的腿？為什麼不趕快接好她的腿？她快要痛死了，

她再也撐不下去了。她有一肚子的疑問，卻看到媽媽灰白的臉，只好把話吞進去，任憑擺布。

病房裡已經住了三位小朋友，靠門口病床的小豪還不到一歲，床鋪四周圍著木欄，正無聊的甩著手中的小兔子布偶。

她的病床則靠著窗，剛好可以看到外面的藍天。可是，不知道為什麼，她覺得病房裡透著古怪的氣氛，在她眼前晃過的臉龐，躺在床上的病人、坐在床邊陪伴的人，幾乎沒有笑容，嚴格說，根本是沒有表情，彷彿被施了魔法。她也會變成這樣嗎？

她忍不住脫口說：「我要回家，我不要住在這裡。」

媽媽的眼神也變得呆滯空洞，冷漠著一張臉說：「不要吵，誰要你生病，生病只好住在醫院裡。」

爸爸大概心腸比較好，魔法對他無效，他勉強擠出笑容說：「雅雅乖，我們很快就可以回家了。」

媽媽卻恨恨的說：「你幹麼騙她，她遲早會知道，還不如早點告訴她，她的腿要鋸掉，今天回不了家了。」

腿會被鋸掉？舒雅嚇得幾乎跳起來，左腿又是一陣刺痛，她大叫，「媽媽你騙我，你不要嚇我。對不起，我不應該摔跤，你不要生氣，不要鋸掉我的腿，沒有腿，我怎麼走路？我就不能參加遊學團了。」

媽媽毫不拐彎抹角，直接說出她的病情，「你得了骨癌，癌細胞已經把骨頭吃空了，不鋸掉腿，你就只有死路一條。唉！我到底上輩子做了什麼缺德事，怎麼會這樣？」

骨癌是什麼？是骨頭裡長蟲，所以把她的骨頭吃掉了。她看過新聞報導，有人吃生的魚，魚裡面的寄生蟲把他的肺吃掉，結果死了。

怪不得她前陣子常常摔跤，彭老師陪她到醫務室在破皮的膝蓋上擦藥時，提醒過她要注意，她也問過媽媽要不要看醫生，媽媽只說要她走路小心，不要胡思亂想。她還以為她是擔心爸媽鬧分居、離婚，所以心不在焉，而至跌倒。說不定那時候她的腿已經被吃出一個大洞。

她不要嚇人，她希望自己漂漂亮亮，讓人看了舒服開心。好強爭勝的她根本無法接受自己即將殘缺的事實，她拒絕開刀。

舒雅啜泣著，一直重複說：「我不要鋸掉腿，我不要鋸掉腿。」

直到主治醫生來到病房，舒雅堅決表明立場，「如果要鋸掉我的腿，我寧願從樓上跳下去，死掉。」

媽媽也不斷哀求醫生，「吳醫生，求求你，不要鋸掉舒雅的腿，我給你跪下來了。」

沒想到媽媽為了她跟醫生下跪，原來媽媽不像她想得冷酷，她是愛她的，媽媽知道她愛漂亮，媽媽也愛漂亮，讓媽媽推著坐輪椅或是拄著枴杖的她，媽媽一定承受不了。

想起訂好的五星級飯店、漂亮的新衣服，爺爺奶奶都要一起慶祝她畢業，她卻躺在醫院裡，即將失去左腿？這簡直就是惡夢，把她從天堂推到地獄裡啊！

下午彭老師來看她時，為了讓她開心，直誇她，「舒雅啊！好多人都說你的致答辭說得好極了。」

「有什麼用？老師，我再也沒辦法走上台了，我要變成殘廢。為什麼老天要跟我開這樣的玩笑。」

彭老師眼眶泛紅，緊握著舒雅的手，「都怪我不好，老師那時候應該陪你去看醫生的，我就覺得你走路怪怪的，怎麼也沒想到會是……。如果真的鋸掉腿才可以救你的命，你就答應吧！老師知道你很勇敢，再難的功課你都可以解決。」

舒雅偏過頭去，不讓彭老師看到她滿溢的淚水，病房裡的氣氛十分凝重，間或傳來其他病童吵著肚子餓的聲音。

彭老師走後，爸媽到樓下餐廳買了舒雅愛吃的餛飩麵，她卻沒有胃口，只是呆呆的望著窗外逐漸黑暗的天空。

突然，肚腹一陣抽搐，舒雅知道自己無法再忍了，只好小聲說：「我肚子痛，我要上廁所。」

晚餐吃了一半的媽媽慌了，「這怎麼辦？你躺著怎麼上廁所？」

隔床的小豪媽媽立刻走過來說：「她現在不能下床，你先用床底下便盆，讓她躺著上廁所。」順手幫忙把布簾拉起來，圍住舒雅的床鋪。

冰涼的便盆從右邊推入舒雅的臀部下面，偏斜的身軀壓到她的左腿，又是一陣驚叫。這是她頭一次躺著上廁所，實在很不習慣，若不是因為肚子很痛，又憋了一整天的尿，打死她也不要這樣跟別人只有一幕之隔的如廁，多尷尬，大家正在吃飯，她卻排放臭氣，真是丟臉丟死了。

更糟的是，大概是便盆的位置擺得不妥，尿液沿著尾椎流向舒雅的背部，把床鋪也弄髒了，她擔心媽媽生氣，本來不想說的，誰知道媽媽幫她擦屁股時，發現床單尿溼了，驚呼道，「你怎麼尿溼了床？」

小時候唯一的一次尿床經驗瞬間回到眼前，那是寒流過境的半夜，媽媽發現她尿床之後，高八度的女高音穿破窗戶罵她，「你要死了，這麼冷的天氣，竟然尿床……」第二天，左右鄰舍見了她都問，「你昨天尿床了是不是？」那時她就發誓再也不尿床了。

不尿床不上大號的唯一辦法，就是不吃不喝，舒雅在心底悄悄決定，她要絕食，這樣就可以避免躺著上廁所的尷尬。

拉開布簾，媽媽到廁所洗便盆，還來不及請護士更換床單，杜仲宇和班上同學竟然來看她了，她顧不得是否失態，氣急敗壞的尖叫著，「爸爸，要他們出去，我不要見到他們。」

已經踏入病房的杜仲宇連忙說：「舒雅，我們知道你很難過，我們也很難過。」

「是啊！我們都是好朋友，我們可以幫你禱告。」旁邊的李町旲說。

張敏敏卻站在病房門口不懷好意的說：「黃舒雅，即使生病也要保持風度喔！」

舒雅無力反擊，只好把毯子拉起來，蒙住自己的臉，她知道自己已經澈底輸了，不管杜仲宇是否喜歡張敏敏，她以後要拿什麼跟別人競爭。

「你們先回去吧！讓舒雅休息一下。」爸爸過來勸阻同學。

背對著他們，舒雅聽到他們低聲的交談，然後杜仲宇跟爸爸說：「黃伯伯，我們先回去了，有空我們再來看舒雅。」

舒雅緊咬嘴脣，不讓自己哭出來，想到畢業生致答辭最後一句，此後他們將會面對不同的人生，而她的人生卻不再美麗，眼淚再也忍不住的奪眶而出。

夜裡，爸媽商量著，今晚誰陪舒雅睡在醫院？

「我來照顧吧！雅雅是女生，你總是不方便。」媽媽說。可是，媽媽嫌陪病床不乾淨，要回家拿床單罩起來，順便帶一些日用品，因為小豪媽媽提醒他們說：「你們要有做長期抗戰的準備。」

爸爸點點頭，「好吧！你先回去，我也好打幾通電話給爸媽，免得他們擔心。你順便幫我帶電腦來，查資料比較方便，我再請教幾位認識的醫生朋友，多了解一下這個病，醫生不是說還要做切片嗎？說不定雅雅不用鋸掉腿。」

他們刻意壓低交談的聲音，舒雅的生命節奏好像也緩慢下來。她閉上眼睛，覺得好累，好想睡覺，也許，一覺醒來，發現這只是一場惡夢。

她迷迷糊糊睡著了，夢裡的病房充滿陽光，亮得她睜不開眼，好像到了天堂，窗台上站著一隻小文鳥，羽毛白得發亮，圓圓的眼睛盯著舒雅，好像跟她說話。

她以前養過小文鳥，媽媽嫌鳥屎又臭又髒，儘管她努力更換鋪在鳥籠下的報紙，媽媽還是趁她上學時，把小文鳥放走了，空籠子也扔了，她哭了好幾天。

那時，她告訴自己，有一天她長大，有了自己的家，她還要養小文鳥，希望小文鳥那時會回到她身邊。現在，小文鳥回來了，她伸出手，想抓住牠，小文鳥卻揮揮翅膀，飛走了。

莫非是她眼花，這麼高的樓層，小文鳥不可能飛上來的。還是，她已經到了天堂？

2 小文鳥的彩虹三重奏

舒雅向來很少做夢，偶爾做夢，醒來就忘得差不多。這回卻不同，她只要睡著，就不斷做夢，夢到她的腿不見了、她跌倒在地周圍人群大聲嘲笑、她到服裝店買不到單腿的褲子……，總是嚇出一身冷汗，搞不清楚自己在夢中還是醒著，直到她掙扎時左腿傳來劇痛，她才醒悟——自己得了骨癌，即將失去左腿。

她無法想像自己失去一條腿的模樣，雖然醫生安慰她可以裝義肢，但是那畢竟是假的腿，而且，她不可能再像過去一樣正常活動了，賽跑、跳高、游泳、跳舞……，從此跟她畫清界線。

不！她堅決反對醫生鋸斷她的腿，她要捍衛自己的腿。想到這兒，她下意識摸摸左腿，幸好還在，沒有人趁著她睡著時，偷偷割去她的腿。

爸爸在床邊輕聲問她，「醒了嗎？肚子餓了嗎？要不要吃什麼？」

舒雅輕撫著因害怕而快速起伏的胸口，問爸爸，「是不是我吃了太多雞腿，所以，雞來跟我要腿？」

爸爸還沒回答，媽媽就接過話來，「你怎麼才沒躺兩天，腦袋就躺得糊塗了，盡說這些奇怪的話。」

舒雅揉揉眼，媽媽的臉化了妝，好像要參加宴會，眼淚與愁容消失了，看起來心情不錯，莫非有好消息，她不用鋸掉腿了？

她正要開口問，媽媽卻說：「沒想到你在學校小有名氣，輪番有人來看你，剛剛你睡著時，才來了一批人。」

是誰呢？有沒有杜仲宇？她既害怕見到他，卻又很想念他，好擔心他被張敏敏搶走，她就失去這個朋友了。

住在對面床的秀琴罹患腦癌，開過三次刀，進出好幾次醫院，秀琴媽媽冷冷丟過來幾句話，「舒雅媽媽，你不要高興得太早，這病要拖得很久，到時候什麼人都不來看你們了。」

「不來沒關係，醫生說我們舒雅可以保住她的腿，說不定很快就出院了。」媽媽把頭抬得高高的，好像一隻鬥不敗的母雞。

「舒雅，先吃點小籠包，爸爸特地去買的。」爸爸打開便當盒，把舒雅最喜歡吃的小籠湯包遞到她嘴邊。

她勉強吃一口，覺得好腥好油膩，立刻吐了出來，爸爸沒有責備她，只是心疼的說：「你要補充營養，才有體力對抗癌細胞。」

舒雅搖搖頭，「我不吃，就可以把癌細胞餓死掉。」

「你怎麼這麼笨，癌細胞餓死了，你也死了。」媽媽立刻說。

「呸呸呸！病房裡少說這麼不吉利的話。」也是骨癌患者的小蘭的媽媽是病房裡最迷信的人，雖然一直沒出聲，這時卻開口制止他們。不說「死」，就不會死了嗎？如果真是這樣，舒雅從現在起，就絕口不提「死」這個字，要讓自己好好活下去。

小豪媽媽比較和善，好心提醒，「我看你家舒雅這幾天都沒有上廁所，是不是躺得太久，便祕，所以吃不下？」

舒雅怎麼敢說她覺得躺在床上上廁所很丟臉，所以不想吃東西。

媽媽沒有深究原因，自顧自說：「沒運動，當然沒胃口，不吃就不要勉強她，我來吃。」

舒雅小聲跟爸爸說：「我的背好麻，可不可以幫我揉一揉？」

爸爸剛要起身，小豪媽媽好心提醒，「你們只能輕輕按摩，我聽醫生說的，如果確定是骨癌，不能隨便推拿，好像會導致癌細胞擴散。」

小豪媽媽彷彿成了護理師，順便教爸媽如何照顧舒雅，要買透氣墊子放在身體下面，否則躺久會長褥瘡。當媽媽一邊抱怨「怎麼規矩這麼多，真是麻煩。」爸爸已經三步並作兩步衝下樓到藥局採買。

媽媽順口跟小豪媽媽聊起來，「怎麼沒看到你先生來醫院？」

「唉！他不敢面對這個事實，只想看到痊癒回家的孩子。你知道嗎？為了懷這個孩子，我們想盡各種辦法，人工受孕、試管嬰兒，花了好多錢，好不容易才懷孕。誰知道小豪卻得了血癌，才十個月大的孩子，連話都不會說，卻要受這麼多折磨。」

人工得來的孩子？勉強得來的，所以不屬於小豪媽媽？上天要奪走小豪？是這樣嗎？

舒雅是媽媽自然生的，應該是上天送的禮物，可是，媽媽卻不疼惜她，只會罵她，怪她得了癌症，說她們曾家沒這種遺傳，住院第二晚就當著舒雅的面罵爸爸，「都是你們黃家不好的因子，全是賭鬼、酒鬼，討債鬼……，現在又來一個癌魔鬼。」

舒雅轉過頭望著正在玩積木的小豪，他還沒開始享受生命，卻被癌細胞禁錮在小小的床上，跟他相比，舒雅不曉得到底誰比較不幸？可是，至少他有一個溫柔的媽媽，不會因為癌症就責罵他。

舒雅也不喜歡生病啊！媽媽難道不知道，她雖然每天很辛苦的從家裡到花店再趕到醫院，她卻可以自由自在的跑來跑去，舒雅卻不曉得什麼時候可以跑跳，或是，再也沒有機會跑跳？

她無時無刻都祈禱自己的病突然消失，或是醫生發現自己診斷錯誤，免得媽媽整天唉聲嘆氣，抱怨她的花店沒有人照顧。

她把臉轉向左邊，雖然看到的天空只有一小塊，卻可以讓她的胸口不太鬱悶。突然，一個白色的身影一晃，窗台上出現一隻小文鳥，開心的清理白色的羽毛，舒雅興奮的叫著，「小文鳥，媽，窗台上有小文鳥。」一閃亮的身影，彷彿上天派來的天使。

媽媽一邊收著便當盒，一邊拍拍她的額頭，「你是不是眼花了，哪有什麼小文鳥？」

眨眨眼，小文鳥不見了。唉！舒雅在心底嘆氣，媽媽為什麼不能多一點想像力？她悄悄閉上眼睛，彷彿只要睡著了，就可以去到另一個世界。

可是，萬一又夢到她的腿不見了怎麼辦？才這麼想著，隱約聽到爸媽爭吵的聲音，竟然連她做夢都不放過她。

凝神仔細聽了一陣子，原來爸媽在為她要不要鋸腿的事情爭執。

她睡著時，主治醫生來過，建議他們採用化學治療，就是把殺癌藥物從人工血管注入身體，讓骨頭裡的腫瘤縮小，然後再動手術，或許可以保住

腿。

「我受不了雅雅沒有腿的模樣，那多難堪。只要不鋸掉雅雅的腿，我贊成醫生的作法。」

爸爸卻反對，「這樣的風險太大了，化療殺死的不只是癌細胞，身體會變得虛弱，而且癌細胞很可能會轉移到其他地方，還是一勞永逸，把腿鋸掉。」

僵持不下的爸媽，最後只好問舒雅：「你希望選擇哪一種方式治療？」她懂得什麼，她才十二歲，連感冒都很少發生，卻要為自己做這麼大的決定。

爸媽的眼睛都看著她，秀琴媽媽、小豪媽媽都不敢插嘴，畢竟這是黃家的大事。意外的是，小蘭媽媽卻炫耀似的說：「我家小蘭化療時都不會吐，也很少掉頭髮，醫生說她身體底子好，她現在快要出院了。」好像暗示她們採取化療的方式。

舒雅搞不懂什麼是化療，她曾經看過一部電影，姊姊罹患癌症，因為化療，頭髮掉光、臉色蒼白、身體虛弱、不停嘔吐、不斷掛急診……很可怕的樣子。可是，這樣至少不用鋸掉腿，醫生不也贊成這樣嗎？

雖然支持媽媽的決定，有點對不起爸爸，可是，她還是說出自己的想法，「我不想鋸掉腿。」

之後，舒雅開始漫長的抗癌旅程，醫生先幫她的左腿裝上固定骨頭的支架，這樣，舒雅移動身體時，可以減輕痛苦。然後，在心臟上方植入一條人工血管。

護理師穿著隔離衣服，從人工血管把藥劑注入，舒雅很好奇的問：「你為什麼要穿隔離衣？癌症會傳染嗎？」

護理師搖搖頭說：「因為藥性太毒，擔心沾到身體，這是要保護我們的措施。」

舒雅不懂，這藥物既然有毒，為什麼要注進她的身體？她幾乎可以感覺到藥物流入血管、遊走全身的感覺，殺死癌細胞、也殺死好細胞，一群細胞在身體裡抗拒著、哀號著，最後到底誰會存活下來？

因為化療很傷身體，必須添加營養，才能支撐到療程結束。所以，媽媽辛苦的燉了湯，在大熱天裡送到醫院。沒想到，舒雅勉強喝了一口，就吐了出來。

媽媽緊皺眉頭，沒好氣的說：「我已經撇掉油，煮得很清了，你怎麼還吐？你知不知道媽媽為了趕來醫院，差點撞到車子，難道就不能多體諒媽媽，把湯喝下去？」

擔心媽媽難過，舒雅只好強壓住反胃的感覺，又喝了一口，照樣吐出來，而且還把膽汁也嘔出來。更慘的是，即使喝水她也吐。

她之前不敢吃，現在不想吃……，她只能不停的哭，跟媽媽說：「對不起，媽媽對不起……。」她真想死掉算了，這時候後悔選擇化療已經來不及了。

爸爸比較有耐性，慢慢哄她，甚至說笑話給她聽，可是，她根本克制不住，才要跟爸爸說「謝謝」，連臉都來不及側過去，就像火山爆發似的吐得滿臉都是，她幾乎什麼都沒吃了，為什麼還會吐？

偏偏這時候，杜仲宇剛好來看她，她揮手要他走，卻說不清楚，邊吐邊哭，既狼狽又難過，結果把杜仲宇嚇跑了。

為什麼每次都是這種場面？杜仲宇來看她，不是她在床上坐便盆，就是她吐得亂七八糟，要不然就是她在睡覺，老天為何要如此對待她？

媽媽幫她擦乾淨臉，漱了漱口，就聽到有人走進來，難道是杜仲宇又回頭了？她轉過頭，卻看到兩個跟她差不多年紀的女生走進來，很陌生的兩張臉，卻是病房裡難得見到的笑臉。

她們好像跟小豪、秀琴、小蘭都認識，打完招呼，就走到她的床邊，有一雙圓眼睛的女孩跟她說：「我叫小由，我是自由日出生的。」

皮膚比較白的女生則說：「我是小文，聽說你是新來的。」

「小文？小文鳥的小文？」舒雅覺得她說話的聲音好輕柔，就像小文鳥被風吹起的羽毛一般。

小文笑笑的點點頭。

小由比較熱情、主動，她率先介紹彼此，「我們的年齡比你大，住院時間也比你久，你可以叫我們小文姊姊、小由姊姊，我跟小文都得了骨癌，所以你不要害怕，有什麼問題，我們一定會幫助你。」

「我也是先化療，才動手術。化療前兩天，比較不舒服，後面慢慢就好了。」小文姊姊輕聲的說。

「對對對，你一定要多吃一點，即使吃下去會吐出來，還是要努力吃，多少還是會留下一些在肚子裡。而且，你只要習慣嘔吐的感覺，就能夠跟這種感覺和平相處。」小由又說。

舒雅打量她們的腿，看不出來有何異樣，好奇的問，「你們的腿是……義肢嗎？」

小文和小由都搖搖頭，小文說：「你不要擔心，醫生會努力幫我們留下腿的。」

說也奇怪，剛剛因為嘔吐嚇跑杜仲宇的舒雅，激動的情緒逐漸平復，好像小文姊姊的話語和淡淡的笑容，有一種安撫人的力量。

小文不多話，多半時候就是微笑著，倒是小由，嘰嘰呱呱的說個不停，讓舒雅在極短時間裡，認識了她們。她才知道，看起來很健康的小文姊姊，已經開過四次刀，打過八次化藥，是資深前輩，「我們兩個今天都是回醫院檢查，特地來看你的。」

小文拉拉小由的手，「我們走了，讓舒雅休息。」望著她們離去的身影，舒雅因為有人了解她，彷彿得到一股力量，即使再難過，她也要努力撐下去。

心裡想的是一回事，實行起來則是另一回事，隔天黃昏，舒雅又吐得一塌糊塗，不斷自責，忍不住脫口而出，「我真是沒有用，乾脆死掉算了。」

媽媽氣呼呼的罵她，「想死有這麼容易嗎？」

小蘭媽媽更生氣，「我要換房間了，你們這對母女整天說不吉利的話。」

就在整個病房充滿哀傷與憤怒的氣氛時，病房門外又出現小文、小由和另一個大哥哥的身影，他們各自帶著不同的樂器，拿直笛的小由說：「我們是彩虹三重奏，我們要演奏一首曲子給你聽。對了，小葦哥哥也得過骨癌，他雖然鋸掉一條腿，可是，他的吉他彈得很棒。」

「我們演奏的曲名是《愛喜樂生命》，只要有愛有喜樂，就可以活出生命的光彩。」演奏大提琴的小文說。

悠揚的音符旋即響起，整個病房的氛圍慢慢轉換，舒雅閉著眼睛聆聽，彷彿看到滿屋子都是飛舞的小文鳥，閃著潔白的光芒，好像告訴她，不要害怕，不要擔心，她的病會得到醫治。

舒雅就這麼睡著了，小文她們何時離開的，她都不知道，一切彷彿夢境。晚上爸爸來換班，舒雅跟爸爸提起小文她們的彩虹三重奏，「爸爸，是不是你跟他們串通好來哄我的，怎麼可能有人得了癌症，還這麼快樂？這不可能是真的。」

「你說的人我不認識，應該是他們自己來的吧！」

爸爸才說完，小豪媽媽就接口補充，「那個小文實在很勇敢，而且很好心，她雖然已經出院了，還是常常回來看大家。醫師也常常請她幫忙安慰鼓勵病人。」

是這樣啊？世界上真有這樣好心人，不全然是像張敏敏那樣的討厭鬼，只會咒詛人，嘴裡說不出一句好話。

既然知道已經有人走在她的前面，比她先得骨癌，感覺上，這條路不那麼孤單，而且，她萬萬沒想到，在醫院裡可以認識朋友，雖然她們才見過兩次面，舒雅已經將小文、小由算在她的好朋友名單裡了。

好不容易熬過第一次化療，隔了一周，又要開始注射另一種化藥，舒雅既不能下床，難過噁心的感覺又揮之不去，看書看不了幾頁，眼睛就會發痠，除了發呆，她每天都在時間當中煎熬，熬過白天熬夜晚。住院不到兩星期，她已經覺得自己快要瘋掉，可是，她還能告訴誰？

病房裡每個人都有一肚子苦，尤其這兩天氣壓很低，原定可以出院的小蘭，突然在肺部又發現癌細胞，半夜常會傳來她的啜泣聲，舒雅害怕說錯話，惹惱小蘭媽媽，只好閉上嘴，望著天花板胡思亂想著。

化學治療結束後，還要開刀，住院的時間將會拉得很長，爸媽為了誰來照顧舒雅，討論許久。媽媽堅持不願意讓花店暫時歇業，「我每天看到美麗的花，可以轉換心情，否則我渾身上下都是藥水味，連鼻孔裡也是，我受不了。白天你照顧，晚上我來醫院，要不然你就花錢請人。」

爸爸不放心把舒雅交給別人，只好退讓說，「等我到公司安排好業務代理人，我就來陪雅雅。」

其他三個病人都是媽媽陪伴，只有舒雅爸爸是男生，有點奇怪，爸爸也不好意思找這些媽媽說話，於是，他帶著筆電到醫院處理公事，順便買了一台平板電腦給舒雅，幫她把病床搖高，讓她可以半坐起來，一邊教她使用方法，「你可以上網，也可以玩玩遊戲，專注在遊戲裡，比較可以忘記痛苦。」

「以前你們都不讓我玩電動的！」舒雅小聲說，所以，她除了讀書考好成績，學才藝充實自己，她根本不會玩遊戲。

看著遊戲的說明，她覺得好困難，即使連超夯的憤怒鳥，她也不會，真不懂為什麼有人沉迷其中，連覺都不睡？看了半天，只有如同彩虹顏色的七色「跳跳球」比較簡單，在八十一格的棋盤裡，每次都會跳出顏色不一的三顆球，只要利用這些球排出一列五顆以上同色的球，這些球就會被消除掉。如果無法順利消除球，棋盤就會漸漸塞滿球，直到「GAME OVER」出現。

這有點像舒雅骨頭裡的癌細胞，如果不除掉他們，就會越長越多，直到塞滿她整條腿。於是，她抱著除癌的心情玩跳跳球，偶爾想吐，側過頭就吐在塑膠袋裡，接著又繼續玩。

這盤輸了，又換下一盤，她拚命的玩，希望累積比較高的分數，好像可以帶給自己更大的痊癒希望，玩到右手痠麻，不由甩甩手，抬起頭來，她才發現天都黑了。

身旁的爸爸已經換成媽媽，舒雅順手理理頭髮，想跟媽媽要水喝，驚懼的發現，自己手掌上竟然躺著好幾根落髮，她下意識拉拉頭髮，又是好幾根落下，她忍不住摀住自己的嘴，哭了起來，「我掉頭髮了，我要變成光頭了……」她向來引以為傲，可以拍洗髮精廣告的頭髮，就要一根根離開她了嗎？

3 五彩繽紛的跳跳球

因為化學藥物殺死癌細胞的同時，也破壞了身體裡的好細胞，所以，舒雅的頭髮一根根死去、掉落，她用媽媽買來刺激頭髮生長的精油小心按摩頭皮，也無法抑制髮絲的落下，似乎她只要一個翻身或是一個噴嚏，就能嚇掉頭髮，她的心情愈來愈低落，淚水總是和髮絲在枕頭上交纏。

她不敢照鏡子、不敢梳頭髮，即使小文、小由告訴她，這幾乎是每個骨癌患者都會經歷的情況，她還是無法釋懷，忍不住說，「可是，你們現在的頭髮都長得那麼漂亮。」

小文、小由互相交換眼神，知道舒雅初患癌症，沒有那麼快調適心情，只能聳聳肩安慰她，「我們明天再來看你。」

隔天早上，舒雅剛起床，一伸手就摸到裸露的頭皮，正在跟媽媽嘔氣，「變得這麼醜，我寧願死掉。」

小蘭媽媽來不及抗議舒雅又說「死」，病房門已經被小文、小由推開，她們兩個頭上都綁著彩色的頭巾，模樣好奇怪。接著，她們一起跳到舒雅床前，扯掉頭巾大聲說，「噹噹，你看我們的光頭好不好看？」

舒雅被眼前兩個小男生嚇到了，當她看清楚是小文、小由時，她終於明白她們的用心，忍不住破涕為笑，與其天天面對落髮而傷心，乾脆她也剃光頭髮，一次傷心個夠。

於是，她請小文幫她用手機拍下頭髮尚存的模樣，然後請醫院的美髮阿姨幫她剃成光頭，繫上小文送給她的頭巾，三個人合拍了一張「光頭美少女」照片。

「你們不要把照片放到網路上，我還沒有做好心理準備。」舒雅拜託她們。

當舒雅爸爸到醫院輪班時，意外的發現舒雅臉上有了笑容，心裡總算放下一塊大石頭。他萬萬沒想到，院裡的病患幾乎都是重症患者，卻表現出比健康人更多的人情味，好像一艘即將沉沒的船上，彼此攜手共渡難關，給了他不少信心。

「雅雅，爸爸有個客戶出了車禍，我要去醫院看一下，我已經請姑姑來陪你，她還沒有來時，如果有事情，可以拉鈴請護士阿姨幫忙，爸爸會盡快趕回來。」

舒雅知道爸爸從事保險業，每天的事情都很忙，自己生病，讓爸爸請假照顧她，於心不安，遂點點頭，「爸爸，你放心，這兩天我比較不吐了。」

爸爸走後不久，舒雅繼續玩她的跳跳球遊戲，想要突破之前的紀錄，可是，同房的秀琴因為不舒服，吵著要看電視韓劇，秀琴媽媽勸她多休息，她卻不聽，把電視聲音開得更大聲，吵得舒雅頭都痛了，已經不吐的胃裡也開始翻攪，她摀住耳朵，看向窗外，好像跟天空抗議般大喊，「不要吵了，不要吵了，我受不了了！」

這時，突然有個年輕男孩進門來，三步併作兩步跑到舒雅病床邊，拍了拍她，說，「花兒，才一陣子不見，怎麼脾氣變得這麼壞？」

舒雅轉過臉來，彼此都嚇了一跳，「你是誰？」舒雅問他，「我不認識你。」

年輕男孩發現眼前的不是花兒，他的手立刻縮了回去，結結巴巴說：「我……我是艾……艾力克，我是來看花兒的。」

秀琴這時接了話，「小艾哥哥，花兒去做小天使了。」

「啊？花兒走了。」艾力克頹然嘆了口氣。舒雅躺的原來是花兒之前的床鋪，就在舒雅住院前一天，花兒離開世界了。

這是一張不吉利的床，舒雅似乎也感受到那股死亡的氣息，忍不住打哆嗦，不禁喃喃自語，「我也會死掉，我也會死掉。」

秀琴媽媽卻在這時候說：「醫院哪有不死人的，哪張床沒有睡過死掉的人……，少大驚小怪。我們秀琴福大命大，她會好好活著。」秀琴媽媽好像安慰自己也安慰秀琴。

舒雅不喜歡秀琴媽媽，她沒有愛心，她只在乎自己女兒，從不在乎別人的感受。

可是，秀琴媽媽的話，似乎觸傷了大家的痛處，連小豪媽媽也開始啜泣。

這種氣氛、這種氣壓，讓舒雅透不過氣來，她努力撐起來的信心霎時崩潰，開始歇斯底里大喊，「我會死掉，我不要躺在這張不吉利的床上。」

艾力克忍不住安慰她，「你看看，這麼漂亮的一張臉，都扭曲變形了。不要哭，又不是世界末日。來，我們握手彼此打氣。」

舒雅卻用力拍掉他的手，「你走開，你又沒有生病，你又沒有得癌症，你怎麼了解我的痛苦？我真倒楣，為什麼會遇到這樣的事情？我的志願、我的夢想，都幻滅了。」她越哭越傷心。

艾力克蹲在她床前，張大他圓又亮的眼睛說：「你以為全世界只有你最倒楣？住在這裡的每個人都有想要完成的夢……，你看看小豪還不到一歲，他的世界才剛剛開始。不要哭了，我會陪你一起走過這場風暴，讓你的天空不再掉眼淚，好嗎？」

舒雅用手背抹掉淚水，望著眼眶含著淚、嘴角卻帶著笑的艾力克，她雖然不明白自己跟他非親非故，他為什麼會關心她，可是，她卻在艾力克的眼裡，看到跟小文一樣的愛，那是假裝不了的。

於是，她吸了吸鼻子，點點頭，說，「好。」

然後，艾力克又跟其他幾個病童一一擁抱，看起來他們彼此都熟識。

經過小豪媽媽的解釋，舒雅才知道，艾力克在電視台的綜藝節目當主持人的助理，也算小有名氣，只是舒雅平常只專心讀書，很少看電視，所以不認識他。兒童癌症病房裡，經常都有明星出入，除了歌手、藝人，還有棒球、高爾夫球或撞球明星……，都會來探望他們。

艾力克走後，小蘭媽媽跟舒雅說：「你不要寄望這些明星多關心你，他們有的是來炒新聞的，建立好形象，爭取上報紙的機會。自己的病，還是要自己面對。」

小豪媽媽卻不以為然，「你不要把別人都看成這麼有心機，727病房的慧珠希望見到歌手小范，人家還從國外趕來看她。」

「算了，等艾力克變成大咖，你看他還會不會來？」小蘭媽媽撇撇嘴。

舒雅轉過頭看向窗外，如果人跟人之間的關懷，只是一場秀，那多可悲？他們都已經病得這麼嚴重，還有人要消費他們？不可能的。

她曾經聽彭老師說過，一個人真實的內心世界，你可以從他的眼神感覺出來，嘴巴也許會說謊，眼神是騙不了人的。而她剛才看到的艾力克，眼神一片透亮，像陽光閃爍的湖，如同那年爸媽帶她旅行所看到的蘭嶼海面。

那以後，艾力克果然沒有食言，當他錄影的空檔，總會抽空來探望舒雅，下午、傍晚或半夜……，每次都嚇她一跳，頭髮染得五顏六色，好像真人版的跳跳球，於是，她開始在自己的日誌裡稱他為「跳跳球」。

當她開始施打第三種化學藥物，反應很激烈，嘔吐得更厲害時，艾力克除了說笑話逗她開心，還答應她，「等你化療結束，可以下床時，我幫你安排看我們錄影，好不好？」

一旁的秀琴酸溜溜的說：「小艾哥哥對你真好，他都沒有邀請我們去看他錄影。」

舒雅表面淡淡的沒有回應，卻笑在心裡，好像她多了一個大哥哥，同時她也開始成為艾力克的粉絲，即使他只是助理，她也專注的捕捉他每一個畫面，心裡默默為他祈禱，希望他有一天可以變成獨當一面的主持人。

半夜醒來，舒雅想尿尿，望著陪病床上的媽媽睡得正熟，不忍心叫醒她。媽媽長得很漂亮，很多人都說舒雅像媽媽，當別人這麼誇獎時，媽媽總是抬起頭很神氣的說，「那是我會生。」

而現在，別人提到舒雅，媽媽還會這麼神氣嗎？她真是對不起媽媽，為什麼要生這種討厭的病，拖得時間又長，還要爸媽到醫院照顧她，全家的生活秩序都打亂了，親戚朋友要看他們，都要到醫院裡來，她喜歡的表哥表妹、堂姊堂弟，都因為害怕醫院裡的細菌，被大人禁足。她曾經問過爸爸，

「癌細胞會傳染嗎？要不然你們為什麼都要戴口罩？」

爸爸搖搖頭，「怎麼會傳染？我們戴口罩，是擔心我們的細菌傳染給你們，化療期間，你們的抵抗力比較弱。」

可是，不管怎麼說，沒有人喜歡到醫院裡逛街吧！只有生病的人才會住醫院。小文和小由卻很樂觀，她們說住院好像旅行住旅館，可以天天看電視、吃好料、玩電動、看漫畫，沒有人催她們寫功課，當然，也沒有考試。

舒雅卻覺得住院好像住在監牢，沒有一點自由，她的世界更小，只有床鋪的面積。

這時，小豪媽媽突然喊著「小豪，小豪，你怎麼了？」一邊拉著警鈴，一邊狂喊，只聽到小豪傳來奇怪的喘氣聲，好像呼吸困難一樣，會是被痰卡到喉嚨嗎？小豪這兩天感冒，打了針多半都在睡覺。

護理師和醫生接連趕到，緊急把小豪送到加護病房。

舒雅從未見過這場面，嚇得發抖，媽媽也醒過來了，只聽秀琴媽媽說：「奇怪，小豪的情況一直很穩定，怎麼會這樣？」她翻了個身，繼續睡覺。小蘭媽媽幾乎沒有反應，這麼大的騷動，她卻無動於衷。

舒雅看看媽媽，終於脫口而出，「我要尿尿。」其實，她真正想說的是「我要回家。」

不一會兒，小豪媽媽走進來拿東西，雙眼紅腫，明顯的哭過，難道小豪真的有生命危險？可是，病房裡的人都沒有開口問，就怕一問，小豪媽媽會控制不住的大哭。

舒雅再也睡不著了，一方面掛念小豪，一方面也擔心自己是否也會面臨這樣的場面？也就是此刻，她突然認真想到死亡的事情，什麼是死亡？為什麼有人求長生不老？有人卻想速速求死？

過了兩天，舒雅隔壁床換了另一個骨癌病患蕾兒，她忍不住問護理師關於小豪的近況，護理師淡淡說，「他當小天使了。」好像一陣風，從她面前吹過，生命結束以後，就變得這麼輕嗎？

這彷彿造物主開的一場玩笑，既然要把小豪賜給他的爸媽，為什麼又要那麼早收回他，讓小豪媽媽痛不欲生？

舒雅想不透，對未來瞬間消極起來，不願意吃喝，反正都會死，她那麼努力又有什麼意義？

爸爸怎麼勸她，都沒有用，不得已只好說：「難道你要爸爸下跪求你？」

舒雅抽抽答答哭著，「爸爸不要這樣，這樣我更難過。」

這回敲響病房門的換了小葦，「彩虹三重奏」彈吉他的大哥哥。他很有禮貌的鞠了躬，「舒雅爸爸，你大概累了，你去喝杯咖啡，我陪舒雅聊聊天。」

小葦坐在舒雅床邊，直接問她，「是不是為了小豪的事不開心？來，我讓你看樣東西。」小葦拉起褲管給她看自己的義肢。

「你裝了假的腳？」舒雅第一次看到義肢，說不出心裡的感覺，有些排斥，卻又有點好奇。

「你如果想要摸摸看，可以摸摸看。你知道嗎？當我知道要鋸掉腿、裝上義肢時，我很排斥，我那麼喜歡籃球，大家說我很有機會加入職籃，卻要變成殘廢，我根本受不了。後來，我想通了，如果我要活下去，只要有一點希望，我都應該極力爭取，化療、放療都不怕，鋸掉腿也沒關係。我如果不能打籃球，我可以當球評，或是寫籃球小說。」小葦的眼睛亮了亮，讓舒雅想起好久不見的艾力克。

舒雅明白，小葦想要鼓勵她繼續奮戰，不要輕言放棄。

「所以，你的夢想是當籃球明星？那你喜歡哪個籃球明星來看你？姚

明、小飛俠……」舒雅勉強提起她知道的少數籃球明星。

小葦卻大笑說：「經過這許多事，我覺得自己已經是明星了，沒有人比我更閃亮，你看著好了，我寫的籃球小說拍成電影之後，不但可以鼓勵很多人，而且絕對是最賣座的國片。」

艾力克說的果然不錯，醫院裡真的是臥虎藏龍，罹患癌症的人不是十惡不赦的壞人，而是許多好人、許多才華洋溢的人，跟他們比起來，她是多麼渺小，他們這麼努力想要活下去，她卻自暴自棄。

於是，她眨了眨眼睛，跟小葦說：「小葦哥哥，我不敢保證我是不是能夠堅持到底，但是我答應你我一定不放棄。」

小葦指指牆角的輪椅，「你的輪椅已經送來很久了，我推你出去走走，

今天的陽光很舒服喔！」

辛苦的坐上輪椅，當小葦推著舒雅出了病房，經過的護理師都睜大眼睛，露出不可置信的眼神，舒雅爸爸更是激動的衝過來，「謝謝你，小葦，謝謝你。」

舒雅望著爸爸當眾流下眼淚，才領悟自己是多麼不孝，讓愛她的爸爸擔心。她緊握住爸爸的手，悄悄拭去眼角的淚水。

化學藥物的療程結束，檢查後，確定舒雅的腫瘤已經縮小，於是安排她進行腿

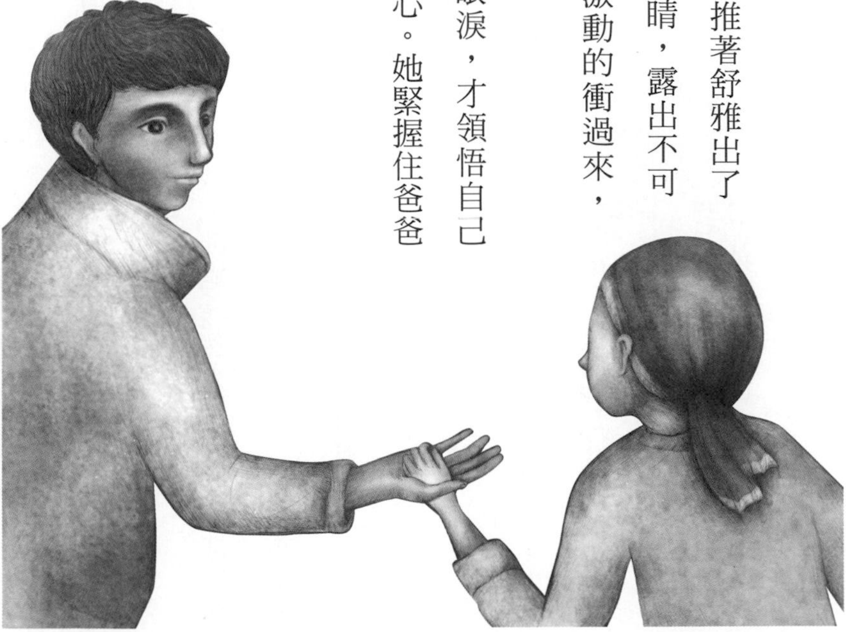

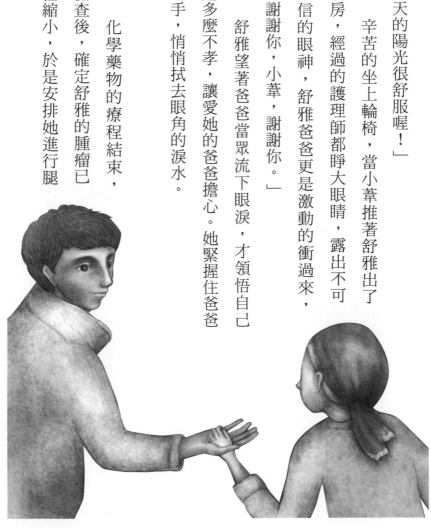

部手術，取出腫瘤。這是一項大手術，必須耗費很長的時間，許多關心舒雅的人都來看她，為她加油打氣。

小由如同往常一般嘰嘰呱呱，說著：「我只開過一次刀，而且是比你小的刀，小文姊姊開過四次刀，她是資深前輩，她說手術好像進烤箱，蛋糕要慢慢烤，烤熟了，就可以拿出來。反正你用倒數的，就會過得比較快。」

杜仲宇也來了，這一回她沒有趕走他，她不曉得手術後，她是否會醒過來，如果這是最後一次見面，她要留給他好的印象。

杜仲宇寫了一張卡片給她，「等我走了以後，你才可以看。」可是，舒雅用最快的速度拆開，只見卡片上寫著，「希望開學可以看到你，我們繼續做同學。」

杜仲宇臉紅的跑到病房門，舒雅大聲對著他的背影說：「你放心，我一定跟你做同學。」

小葦則跟她打勾勾說：「舒雅，記得你答應陪我去美國看NBA喔！」

「沒問題。」舒雅笑著說，心裡卻納悶著，都已經很晚了，為什麼沒有看到小文，還有艾力克，她要養精蓄銳，所以不能太晚睡覺，她發過簡訊給他們，卻都沒有接到回覆，她想問小由，卻開不了口……。

4 尋訪夢幻國度

預備動手術的早晨，因為舒雅被安排的是第一刀，很早就起床準備，她的眼光不時飄向病房門，可是，走進來的人，都不是她心裡急於見到的人。或許，小文和艾力克等在手術室門口，要給她一個驚喜吧！

可是，直到推入手術室，舒雅還是沒有等到他們，到底有什麼緊要事情，讓他們忘了彼此的約定。聽說艾力克無意間被一位正好擔任他們節目來賓的導演看中，開始拍電影，雖然是小角色，可是導演很喜歡他的型，幫他加戲，所以變得十分忙碌。

如同小蘭媽媽說的，當藝人們走紅了，就不會來探望她了，她只不過是街邊小販出售的一朵玉蘭花，壽命很短，情誼也短。

小葦從她落寞的眼神中看出這些，握握她的手說：「你自己要堅強，任何人，即使是總統、好萊塢大明星，都無法幫你活下去，你必須靠你自己，還有耶穌。」

於是，她深吸一口氣，很深很深的，然後閉上眼睛，把送行的人關在眼瞼之外，彷彿搭飛機去旅行，飛離原來的世界，另一個新世界正在迎接她。也就是此刻，她才發現，原本很緊張的她，因為牽掛小文和艾力克，而忘了恐懼這回事，現在，她的焦距回到眼前，開始發抖，也不過幾秒鐘時間，她就在麻醉藥中睡去。

彷彿過了許久，又好像只是眨眼工夫，她沒有時間的感覺，也沒有做夢，一切都是空白的，依稀聽到護理師交談，接著有人叫喚她的名字，拍她的臉頰，恍恍惚惚間，勉強睜開眼，卻什麼也看不到，下意識呢呢喃喃的回應幾句話，很快又睡著了。

再度醒來，舒雅已經在病床上，好像變成睡美人，睡了幾世紀之久，開口想要說話，想到自己沒有刷牙，口臭肯定會熏死許多人，就又閉上嘴。搞不懂王子怎麼會願意親吻幾百年沒有刷牙的公主？她是公主？還是到了小文嚮往的納尼亞？

她的腦袋有些混亂，動了動身軀，唉哼一聲，緩緩睜開眼，想看看自己究竟到了哪個世界？

眼前竟然是艾力克笑嘻嘻的臉，跳跳球般滾動的雙眼，盈滿笑意，對她說：「哇！太棒了，我可以親吻睡美人嗎？」

他彷彿讀到舒雅的心事，這樣的對白，把周遭的人都逗笑了。瞬間，舒雅想到開刀前自己濃濃的失落感，好氣好氣他，翻過身去，不想理他。

舒雅爸爸連忙說：「雅雅，你覺得還好嗎？艾力克從你進手術室，一直等到手術結束，我們叫他回去休息，他堅持要等到你醒過來，前後等了十幾個小時。」

「是啊！雅雅，怎麼那麼大牌，不理人，太沒禮貌了，媽媽平時怎麼教你的？」舒雅媽媽不問舒雅的感覺，忙著先教訓她。

舒雅的臉紅了紅，轉過頭來，輕聲說：「謝謝你，小艾哥哥。小文呢？」舒雅終於還是問了，小文答應要送她進手術室，為什麼醒來還是沒有看到她？

艾力克聳聳肩，簡單說：「她感冒，怕傳染給你。」

他很少這麼少話，是守候太久感到疲倦嗎？為什麼舒雅覺得怪怪的，好像他有什麼事情瞞著她。

如果秀琴媽媽在，她一定知道事情真相。可是，她已經換了病房，室友不同了，也看不到窗台，似乎告訴她，小文鳥也將離她遠去。

她打了一個寒顫，艾力克問她，「冷嗎？」她搖搖頭，「我好睏，我還想睡覺，小艾哥哥，你也回家睡覺吧！」

「要乖乖吃東西、好好休息，不要讓爸媽擔心喔！」艾力克緊緊握了她的手，點了三下她的額頭，這是他們之間的暗號，就是「要加油！」的意思。

身邊只剩爸媽後，舒雅才敢完全釋放自己的情緒，「我的左腿怎麼沒有感覺？」她舉起手才想拍打自己的腿，爸爸立刻阻止她，「你的腿有很大的傷口，現在麻藥還沒有退，過後可能就會感覺痛了，如果痛得受不了，一定要說，可以吃止痛藥……」

「吃什麼止痛藥，就這麼不能忍，不吃止痛藥，傷口癒合得比較快。」媽媽的意見卻不同。

等痛了再說吧！為什麼爸媽的意見永遠不同？

冷靜下來，這才想起自己的腿裡裝的是異體骨，也就是別人的骨頭，因為她的腿骨已經被癌細胞吃空了，那是誰的骨頭？

她突然驚聲尖叫，「媽，那是死人的骨頭嗎？死掉的人的骨頭在我身體裡？」

「不要大驚小怪，醫生不是跟你說過了，這樣你才能下床走路，也不過是一根骨頭，有的人還裝別人的心臟、腎臟、肝臟呢！」媽媽拉拉她的床單，「既然你醒了，我回花店一下，這裡有爸爸照顧。」

舒雅在心底嘆了口氣，以後怕會有更多讓她心驚膽跳的場面吧！她要把自己的心臟鍛鍊得強壯一些。

因為剛剛手術完，擔心感染，所以舒雅住的是兩人房，出入的人少，也比較安靜。可是，安靜不了多久，隔床的妮妮媽媽好像醫院的包打聽，開始說三道四，功力不亞於秀琴媽媽，她知道舒雅關心小文近況，有意無意間說，「小文這次好危險喔！差點要做小天使了。」

「小文姊姊要做小天使？」舒雅立刻豎起耳朵，急急探問，「小文怎麼了？」

「她啊！因為紅血球太低，在家裡的浴室昏倒，緊急送到醫院，現在在加護病房。」

這時，舒雅爸爸剛好進來，想要制止妮妮媽媽說出小文的近況已經來不及，舒雅開始啜泣，「小文姊姊，對不起，我還生你的氣，以為你不關心我……。」

妮妮媽媽看到舒雅爸爸瞪她一眼，連忙說：「幸好小文現在脫離險境了，你不要擔心。」

舒雅爸爸知道瞞不住了，只好告訴她真相，原來她在手術室奮鬥，小文則在另一方努力，艾力克先去陪她，才趕過來看舒雅。小文清醒過來後，擔心舒雅受到驚嚇，還特別拜託大家瞞住她。

舒雅好希望立刻去看她，卻無法下床，手術的傷口太大，麻藥也退了，稍稍移動身軀，就痛得她忍不住大叫。不管大家怎麼勸她，告訴她小文已經度過險境，她還是心情低落，吵著不肯吃飯。

「我可以坐輪椅，或是躺在床上推過去，我只要見小文一面、看她一眼就好，拜託你，爸爸。」

爸爸安撫她，「我問過醫生了，你只要再忍耐兩天，不影響傷口癒合，就可以去看小文了。」

小葦得到消息，即刻過來看她，「舒雅，你很快就可以下床了，現在一定很無聊，我送你一盒拼圖，這是『梵谷的星空』，你只要一片一片的拼好，拼成美麗的星空，小文就會出現。小文很勇敢，也很幽默，頭一回開刀時，還開玩笑說要把腿骨拿來熬湯，肺部開刀時甚至建議醫生乾脆裝拉鍊，以後開刀比較方便，像她這麼樂觀，一定會平安度過的。」

舒雅望著拼圖盒子上的星空圖案，暗夜裡點點星子，彷彿跟她眨眼睛。記得彭老師曾經說過，因為夜空黑暗，才能顯出星星的光芒，所以不要害怕受苦受難，這樣的生命被襯托得更加璀璨。

她慢慢打開盒子，把拼圖一片片放在身前移動的小餐桌上，嘗試著拼起圖來。拼圖遊戲是兒癌病房裡很受歡迎的娛樂，因為需要花費比較多的時間，病痛階段，很適合用來轉移痛苦、打發時間；也有人喜歡魔術，希望魔術可以把病痛變不見。小文和小葦他們經常打麻將，對他們來說，那不是賭博，而是漫長住院生活的小調劑，輸贏不重要，他們喜歡的是彼此聚在一起取暖的感覺。

雖然她比較喜歡玩電腦上的跳跳球，但是，她可以從拼圖中感受到小葦的體貼，不好意思再鬧情緒，抬起頭打量幾天不見的小葦，臉色益發蒼白，小聲說：「小葦哥哥，謝謝你。你……還好嗎？」聽說他的癌細胞已經轉移到肺臟、腎臟，還有原本健康的左腿膝蓋。

小葦依然樂觀的聳聳肩說：「癌細胞既然會在短短幾個月轉移好幾個地方，也可能在短短幾個月，突然消失無蹤，我聽過這樣的奇蹟故事，我也在等待屬於我的奇蹟。」

小葦每天都虔誠的為自己禱告，求耶穌治好他的病，舒雅雖然不認識小葦口中的耶穌，也學著為他禱告，為醫院裡其他罹患癌症的小朋友禱告，她想，這樣為別人祈福，比消極的哭鬧應該更有幫助吧！

於是，她悄悄在心底許願，她的跳跳球遊戲只要得分超過一萬分，小葦哥哥就會痊癒。

護士換藥時，舒雅始終不敢面對自己的傷口，她雖然不像媽媽那麼愛美，可是，每到夏天，她都喜歡到游泳池游泳，這下子，她一年四季都要穿

長褲了。直到醫生來探望她，檢查她的傷口時說：「很不錯，你的傷口癒合得很好，可以開始下床練習走路了。」

舒雅這才鼓起勇氣審視自己大腿的傷口，好像一條超級長的變形蜈蚣，歪歪扭扭的攀附在她的大腿上，媽媽一旁嘆氣，「唉！這種傷口還說很好，你的腿完了，看樣子以後只好花錢整形了。」

住院兩個月的時間，歷經波濤起伏，又因為認識小文、小葦、小由、艾力克，多少受到他們的影響，舒雅好像瞬間長大不少，她不像剛開始住院，為了媽媽帶刺的話語生氣。她深吸一口氣，放下褲管，跟媽媽說：「爸爸告訴我，我的腿裡面有另一位姊姊捐給我的腿骨，她雖然不在了，我要幫她繼續走下去。所以，我想下床練習走路，我要去看小文姊姊。」

從開始的站立到慢慢走幾步路，舒雅感覺疼痛比剛剛摔斷腿時輕多了，當度過了起初的艱難，接下來即使再痛苦，好像也沒那麼痛了。如同她玩跳跳球，熟悉跳跳球出現的脈絡之後，她更懂得布局消滅多出來的球，輸球的機會也小了許多。

雖然傷口依然疼痛，舒雅決定等爸爸白天來輪班時，慢慢走到小文病房，鼓勵自己，也讓小文不為她擔心。

進入病房時，小由也在，還有小文媽媽，正在跟另一位阿姨說話。這是舒雅第一次看到小文媽媽，很有氣質的音樂家，笑聲好開朗，而且好親切，跟舒雅媽媽是不同類型的人，小文這麼樂觀，應該是受到媽媽的影響吧！

小文正跟小由擠在床上玩撲克牌，開心的招呼她，「舒雅，你好厲害，這麼快就可以下床了。」

舒雅好意外，小文剛剛離開加護病房，臉色看起來卻很紅潤，不像逃離鬼門關的人。但是，她畢竟跟小文沒有小由那麼熟，遲疑著不敢靠過去，小由拍拍她說，「你坐椅子上好了，你的腿大概不方便爬上床。舒雅，我跟你說個好消息，喜願協會答應幫我拍美美的照片，還幫我找歌唱比賽的造型師幫我造型、化妝，哇！太棒了。」

「喜願協會？」舒雅聽了一頭霧水。

小由連忙解釋，「喜願協會就是為全世界三到十八歲，得到嚴重疾病的人，完成他們的夢想，帶給他們希望和快樂，例如幫助孩子收集稀有的郵票、欣賞經典球賽、攀登高山或是見到愛慕的大明星……。小胖就去過日本飲食節目介紹的餐廳吃飯，麗華則跟美國大明星一起到迪斯奈樂園玩，小文想去南極看企鵝，可是，好像計畫要改變，改去比較近的地方……」

原來跟小文媽媽說話的正是喜願協會的人。這時，小文媽媽大聲說：「計畫不會改變。這是小文的夢想，不可以隨便改變。」

「可是，她的身體可以負荷嗎？」喜願阿姨問。

「這可以成為她願意繼續接受治療的動力，她那麼努力想要活下去，你們隨便換地方，好像是告訴她，她沒有希望了……」小文媽媽表達她的看法，完全不介意小文就在旁邊，因為小文早就知道自己的骨癌很嚴重，她們很開放的談論過生死的問題，舒雅感覺很驚訝，怎麼會有人面對癌症如此坦然？

小由在一旁問舒雅，「你有什麼夢想？你的夢幻國度在哪裡？他們會想辦法幫你實現。」

舒雅的心大大震動，如果是幫助生病嚴重的人實現願望，那是否表示這些人就要離開世界了？她還是不要他們的幫助比較好。

小由這時候卻說，「如果實現夢想就會死，那沒有癌症的人也會死掉。」

「那小葦哥哥為什麼不去看NBA……？你不是很想去看湖人隊的小飛俠打球？」她問隨後進入小文病房的小葦。

小葦搖搖頭說：「我不需要，如果真的有一天要離開，我最後的願望是跟家人在一起，他們是我最在乎的人。」

小文遞給舒雅一個紙袋，拎起來很重，小葦幫忙提著。小文說：「你上次問我在看什麼書，就是這套《納尼亞傳奇》，這是我最喜歡的書之一，我請媽媽買了一套送你。我相信有納尼亞這個地方，我也知道獅子是誰，我要像獅子在別人需要時，給別人幫助。」小文說。

原來小文剛住院時，也是經常哭泣流淚，後來卻把流淚的力氣用來探訪別人。

小由一旁補充說：「你不知道小文有多誇張，她昨天晚上還抱病參加腦癌音樂會，去台上演奏大提琴，根本不在乎自己的身體那麼虛弱，我就比不上她……。」

舒雅凝神望著小文，臉上淡淡的笑，無論大家如何稱讚她，她都是一貫的淡定，小文聳聳肩，問小由，「你還要不要玩牌？」

小文似乎有一股奇妙的生命力，源源不斷冒出來……，舒雅真希望自己也擁有這樣的勇氣。

望著筆電螢幕上玩了一半的跳跳球，舒雅咬著指甲、發著呆，她已經得過八千多分，再拚一下，一定可以衝過一萬分。小葦的狀況愈來愈糟，唯有她超過一萬分，小葦就有希望。

可是，玩得愈久，愈無法超越自己的成績，手好痠、眼好花，她不免自問，跳跳球最高分又如何？砍掉再多的球，癌細胞也不會死掉。小葦的病房外，已經掛著病危的牌子，除了家人，其他人都不能進去探病。

她逐漸明白，電玩遊戲為什麼迷惑人，它們製造一個假象，讓她以為，只要在電玩裡贏得獎項，代表所有問題都可以迎刃而解。其實，即使她拿到跳跳球冠軍，小葦還是要靠自己的力量奮戰下去。

「沒有用，我跳跳球拿再多分數，都幫不了小葦哥哥！」她氣得大叫，忿忿的把跳跳球砍掉，決定去探望小葦。

小葦像她的大哥哥，跟艾力克不同，是那種很親很親的哥哥。小葦也把她當作妹妹，不只一次告訴她，「你就是我妹妹，以後有哪個男生欺負你，我一定罩你。」

她在他病房門外徘徊，從門縫裡看到，病床上小葦的臉，好像塗了太多白色油彩。媽媽昨晚警告她，「離小葦遠一點，他快要走了，媽媽不希望你沾染死亡的氣氛。你看這兩天，其他人也都離他遠遠的。」

「死亡又不會傳染。」舒雅噘著嘴說。她相信，即使到最後一秒鐘，都可能發生奇蹟，賈思潘王子不就是這樣獲救的嗎？

小葦的病房門突然開了，小葦媽媽跟她招招手，「你進來吧！小葦有話跟你說。」

小葦好虛弱，一直喘氣，「醫生說，我可以做放射線治療，我媽捨不得我受苦，我不怕，即使只有一點點機會也不放過，我相信我可以活下去。」

她也這麼相信著，「最後一定會有奇蹟，就像納尼亞的獅子出現救了愛德華、蘇珊他們。你要加油。」

小葦的爸爸媽媽默默流著眼淚，舒雅伸出手握住小葦的手，

那麼冰涼，他的生命似乎也在一點點消失，她不要他走，卻無能為力，似乎有一點明白，死亡，到底是怎麼一回事？它會帶走你的摯愛，好像在你的心裡挖了一個大洞。

走出病房，舒雅看到門外的護理師也哭了。她們最清楚病人的時間吧！可是，舒雅多不希望這一刻來臨，她第一次跟死亡這麼接近，反而不是她自己跌斷腿時……。

走廊的牆壁上掛著小葦的拼圖——彩虹下的約定，他們約定一起去美國看NBA的願望，還可能實現嗎？

夜裡，舒雅突然驚醒，門外有腳步聲，她不顧媽媽阻止，衝下床，赤著腳跑出去，經過的護理師跟她說：「小葦到天堂打籃球去了。」

下半夜，她躲在棉被裡哭，不讓媽媽聽到，免得媽媽又要罵她，只希望自己哭累了，就會睡著，然後，她會夢見小葦。

小葦已經走了好幾天，舒雅卻始終沒有夢見他。她站在走道盡頭的窗前，看著窗外，輕聲說，「小葦哥哥，我好想你，好想好想，你不是說，只要打開窗，就會聽到你在呼喚我。你到底去了哪裡？」

小文突然從她身後冒出來，神祕兮兮的說：「你跟我來，我帶你去找小葦哥哥。」

當大家發現小文和舒雅不見了，七樓的兒癌病房一陣混亂，沒有人知道她們跑去哪裡？

5 小茉莉與滿天星

原來，小文打算透過衣櫥，帶舒雅到納尼亞，那個夢幻的國度找小葦。

小文找到的古董衣櫥位在病房角落的儲藏室裡，裡面擺放著許多棉被、床單等病房用品，平常很少人進去。

「我們要怎麼去納尼亞呢？」舒雅小聲問小文，擔心太大聲，萬一被發現，就來不及穿越衣櫥。

小文指著雕刻花紋的大衣櫥，「你看，這個大衣櫥夠老了吧？是不是很像露西他們的魔法衣櫥？我們先做個禱告，希望打開門，走進去，就可以成功穿越。你考慮好了嗎？萬一回不來，你也不會後悔？」

舒雅想起爸爸媽媽還有杜仲宇那些同學，有一絲猶豫，可是，露西和愛德蒙他們都可以平安回家，應該沒有關係的，她只要看到小葦哥哥一眼就好，立刻就回來，只要找到去納尼亞的路，以後來去都會很方便。

於是，她們深呼吸之後，手牽著手，打開衣櫥，爬了上去，衣櫥好像很久沒有使用，傳來一股令人窒息的怪味道，她們屏住呼吸，用力推衣櫥另一邊的木板，木板吱嘎一聲，裂了一條縫，舒雅興奮的說：「有希望了，有希望了，不曉得那邊是不是正在下雪？我們的衣服會不會穿得太少？」

衣櫥實在太老舊了，禁不起她們的推動，整片木板往後倒下，前面沒有路、沒有雪花，只是白色的牆壁，她們依然還在這間儲藏室裡。

「唉！這大概不是英國的衣櫥，不夠古老。對不起，舒雅，改天再去吧！」小文聳聳肩，爬出衣櫥。

當她們想要走出儲藏室，卻發現儲藏室被人從外面反鎖了，她們怎麼轉動門鈕，都無法打開門。

「我們會不會變成木乃伊？」舒雅緊張得發抖，儲藏室裡沒有空調，空氣很悶，加上害怕，舒雅渾身冒汗，甚至覺得呼吸困難，下意識用兩隻手掌不斷敲打門板，希望有人聽到她們的求救聲。

不知道過了多久，她們兩個喊得聲嘶力竭，兩隻手也拍得發紅，只好縮坐在棉被堆上，舒雅皺著眉頭、哭喪著臉望著小文，小文笑了笑，拍拍她的手，「放心等吧！遲早會有人發現的。」

直到護理長想起來，小文曾經問起儲藏室用來做什麼，急忙拿了鑰匙打開儲藏室，只見她們倆已經累得頭靠著頭睡著了，誰都不忍心罵她們，只有舒雅媽媽，氣得跳腳，「你就不能懂事一點，盡惹出這些麻煩，店裡剛好有客人要訂婚禮的花，為了你搞失蹤遊戲，我匆匆趕過來，這下生意都被你搞砸了。」

舒雅悄悄跟小文交換眼神，低下頭，轉身回病房，她們心照不宣，絕不會說出這個祕密。

某天夜裡，電影台剛好播放納尼亞傳奇的電影「獅子、女巫、魔衣櫥」，她看得津津有味，不想睡覺，又怕媽媽來輪值，不准她看電視，只好哀求爸爸留下來陪她。

雖然又開始注射新的化藥，舒雅難過得不斷嘔吐，可是，因為太專注在劇情裡，竟然減少了嘔吐次數。她邊看邊想，她們想穿越的衣櫥到底哪裡出了錯？莫非是不同的人去納尼亞，要用不同的方法？像《黎明行者號》之中那個討厭又愛哭的尤斯提，不就是從一幅圖畫裡搭船去到納尼亞的嗎？

關上電視，她問爸爸，「你相信有納尼亞這個國家嗎？」

爸爸沉吟一會兒說：「我想，納尼亞存在每個人的心裡吧！」

怎麼可能？小說寫得那麼真實，作者路易斯不可能欺騙她。她決定告訴喜願協會的阿姨，她要去納尼亞，他們一定可以幫她完成心願。

可是，等了好幾天，都沒有人給舒雅回應，舒雅聽說小文將和爸媽一起去南極看企鵝，更是心急，小文只好安慰她，「可能她們要先幫忙其他人完成夢想。我們總有一天會去納尼亞，只是現在時間還沒有到，到時候上帝會幫我們開門的。」

上帝來開門？那是天堂嗎？因為上帝就住在天堂。小文一定弄錯了，納尼亞不是天堂，應該是一個充滿奇幻色彩的國度。

雖然大家戲稱醫院是「大飯店」，但是醫院畢竟是一個狹小的空間，兒癌的孩子好像住在監牢裡，只能在七樓走動，除非醫生許可，他們不能輕易離開，彷彿癌細胞就是監牢的大鎖，通關密碼就是檢查正常的診斷書。

但是，自從小文住進來以後，病房的氣氛改變許多。過去，大家幾乎都是關在自己的病房裡，除了看電視，就是掉眼淚，或是唉聲嘆氣，整個走廊充滿一股陰鬱的氣氛，可是，小文的勇敢樂觀卻感染了大家。尤其是她可以下床後，到處串門子，如同帶給病房一道道陽光。

除此，有些名人明星也會來到兒癌病房探望，帶給許多小朋友歡笑。可是，舒雅跟藝人們大都不熟悉，頂多點點頭。不像小文，她是明星的寵兒，只要她住院，來拜訪的明星沒有間斷過，她就是有一股吸引人的魅力，讓人樂於親近。

小文很喜歡的一位藝人大鳥，因為朋友感情受挫而自殺，大鳥難過得在臉書上發起「愛你愛我愛生命」的活動，呼籲癌症病童們合拍一個公益短片，鼓勵所有人認真面對生命，不要輕易放棄自己，大鳥還寫了一首主題歌〈美麗待續〉，搭配公益短片。

小文、小由都接受大鳥的邀請，答應拍短片，特地跑來問舒雅是否要共襄盛舉？

「我們又不是明星，幹麼湊熱鬧。」舒雅毫不考慮就冷冷拒絕了，她不喜歡在自己狼狽不堪的情況下拋頭露面，也不想因病出鋒頭。

小由鼓勵她，「大鳥哥哥說的，我們努力對抗疾病的故事，更有說服力。」

小文輕描淡寫的說：「我最討厭照相，可是，因為可以幫助別人，我才答應的。」

「是啊！我們舒雅多上相，只要戴一頂假髮，我敢說她比那些歌手都可愛。」舒雅媽媽急著想讓舒雅湊一角，拚命遊說舒雅，舒雅轉過臉望向窗外，不再言語。

公益短片利用醫院的交誼廳拍攝，牆壁上掛著簡單的布幕，充當攝影棚，另外來了許多大咖藝人，有歌手也有演員，有的還是超級大明星，平常很難有機會看到，他們卻不計酬勞，義務參與拍攝。

只要可以下床的病童都擠過去看明星，他們的爸媽更像熱情的粉絲，紛紛跟明星合照，連護理師們也探頭探腦，評論著哪個明星的本人更漂亮，兒癌病房裡好像嘉年華會充滿歡樂的笑聲。

但是，不是每個人都喜歡這種氣氛，於是，關起病房門，不讓閒雜人等進入，舒雅也是其中之一。

她記得小葦哥哥說的話，他們這些跟癌症奮鬥的人才最偉大，才應該贏得矚目，那些打扮得花枝招展、帥氣挺拔的明星，真的能夠體會他們所經歷的痛苦嗎？他們的生命才正要開始，就籠罩著死亡的陰影。

艾力克雖然是小咖藝人，因為是大鳥的好朋友，也應邀在短片裡說話，舒雅好氣艾力克，忙著去拍短片，都沒有先到病房看她，加上這次施打化藥小紅莓，讓她的心臟很不舒服，獨自躺在床上生悶氣。

爸爸好言相勸，「這是爸爸的同事特別到彰化買的桂圓蛋糕，你吃一點啊？」

「我不要，心情不好會噎到。」舒雅搖著頭，不敢說出會噎「死」掉的話，免得犯了病房的禁忌。

「搭配蘋果汁應該不會噎到吧！」艾力克像跳跳球一般，突然跳在她面前，笑嘻嘻的揚揚手裡的有機蘋果汁。舒雅「嗯」了一聲，嘟起嘴說：「你現在已經變成大咖了，所以很難看到你。」

「對不起啦！我最近拍片很忙，可是，我的心裡一定有你的位置。」艾力克拍拍自己的心臟位置，「我答應你，這部片子殺青，我帶你和小文、小由去台東玩，這樣不生氣了吧？」

「你為什麼想要當演員？」舒雅忍不住問他，「你可以做的事情那麼多。」

「演員不是自己想當就當的，我只是喜歡演戲。你知道我為什麼常常來醫院看你們？」艾力克拉張椅子落座，「想不想聽我的故事？」

因為艾爸爸過世得早，艾力克和弟弟全靠媽媽幫傭養活他們，不愛念書的他，常常打架鬧事，差點被學校退學。

「有一晚，我滿身是傷的回到家，媽媽竟然當場跪在我面前，求我不要這樣糟蹋自己，她對不起天上的爸爸，她只好跟著爸爸一起走了。弟弟在一旁嚇得大哭，我也是手足無措，只好答應媽媽我會學好。」艾力克說著，彷彿那一幕就在眼前，眼眶都紅了。

他後來跟著電視影片學街舞，希望可以靠著街舞闖出一片天。偏偏他的運氣不佳，雖然得過一些比賽的冠軍，卻在當兵跳傘時摔斷腿，無法繼續街舞這條路。退伍之後，經由軍中朋友的介紹，在綜藝節目裡當助理打雜，等待自己的機會到來。

「有一天，主持人看我一個人在角落無聊的玩手機，就問我要不要一起到醫院給別人加油？我就跟他來到這家醫院，認識了花兒、小文她們。也不知道為什麼，每次心情不好，就想到醫院看看這些小朋友，透過她們的奮戰精神，我就好像又多了一點力量。」

也許是上天眷顧艾力克，某次綜藝節目裡的特別來賓臨時缺席，他代打上陣參與短劇演出，意外的得到好評，「我也發現自己很喜歡演戲，可是，我媽媽反對得很厲害，不惜跟我斷絕關係。後來我才知道，我爸爸以前是一位很有前途的演員，因為酗酒、吸毒，不到三十歲就心肌梗塞過世。所以，我答應我媽媽，我一定會潔身自愛，不會步上爸爸的後塵。」

舒雅仔細看著艾力克的眉眼鼻唇，當他訴說著自己的故事，讓人從心裡被感動，他演起戲來，一定也是這樣撼動人心的。

「對不起，我誤會你了，你不是那種只會八卦的藝人，那你要加油喔！」舒雅用手背擦拭眼角的淚水，「我們一起加油，我要病好起來，你要、你要……。」

艾力克把話接下去，「我要拍一部電影，得到男主角獎。」他緊握舒雅的手，靠近她的耳邊說：「跟你說個祕密，媒體還沒有宣布，我即將跟影后合作拍戲，而且是第二男——主——角。」

「真的啊？」舒雅張大嘴，事情的轉折竟然如此之大，不久前，艾力克還是一個沒沒無聞的小助理，轉眼，他很可能就會熠熠發光，變成一個大明星。她不曉得該為他高興，還是為他擔心？

望著艾力克離去的背影，她的心彷彿蒙上一層霧，不由茫然起來，她是否即將失去一位好友？他真的會在乎她這個微不足道的小人物嗎？

國中開學已經過了兩個月，舒雅突然想念起學校生活，很好奇那些轉到不同學校念書的同學過得如何？杜仲宇每個星期都會來看她，每次都耐心回答舒雅的問題，可是，還是無法滿足她。況且，除了杜仲宇，其他同學大都跟她疏遠了，果然像秀琴媽媽說的一樣，生病久了，大家的愛心就變淡了。

如果她這時候上學，肯定跟不上進度，但是，她相信自己總有一天會走進校園，而且，她是為了自己想要求學，不是為了讓同學瞧得起她。這樣的意念愈來愈濃，甚至為了讓腳步的行走更順暢，她復健練習更加勤快。小文知道她的計畫，在兒癌病房發起大家一起練走的行動，醫護人員、爸爸媽媽都好高興原來懶洋洋的孩子主動下床運動。

舒雅擔心媽媽聽了她想上國中的想法，會冷嘲熱諷責備她，只好鼓起勇氣跟爸爸說：「我想到學校上課，你幫我想想辦法，讓我可以穿著學校制服，升上國中。」

「這個小事一件，爸爸現在要宣布一件大事。」爸爸深吸一口氣，站在她床邊，一本正經的說：「經過醫療團隊評估，黃舒雅的恢復情況良好，追蹤檢查沒有發現其他癌細胞，不需要繼續化療，也可以保住腿，所以這個療程結束，就可以出院了。」

舒雅高興得大叫，幾乎不相信自己的耳朵，她捧著自己發燒的臉頰，不斷拍打，用力喘著氣，「天哪！我好像在做夢，我不用鋸腿了。」

別床的小剛媽媽也恭喜她說：「舒雅，終於可以回家了，我們也替你高興。」

這時，裝扮得比平常更漂亮的媽媽捧著一大束滿天星，推開病房門進來，慶祝舒雅可以出院，「雅雅，你看，你最喜歡的滿天星，你的生命此後可以如此燦爛、高雅。」

沒想到，小剛媽媽卻大聲喝斥，臉色不怎麼好看，「舒雅媽媽，你怎麼買滿天星？」

「我這是切花，沒有根，應該沒問題啊！」

舒雅也嚇了一跳，難道媽媽無意間又犯了病房的忌諱？之前，媽媽為了讓病房增添生氣，特別帶了盆栽放在窗台前面，卻遭到大家抗議，因為大家迷信，盆栽有根，表示病童會在醫院裡生根，就走不掉、離不開醫院了，所以病房裡幾乎看不到連根帶土栽種的植物。

小剛媽媽小聲解釋，骨癌患者的癌細胞如果轉移，第一處就是轉到肺部，若是像茉莉花般的一小顆，比較好處理，只要割掉即可。就怕在肺部看到許多白點，根本無從動手術，大家就形容這種極難處理的癌細胞叫作「滿天星」。

「你想，誰會喜歡看到滿天星？」小剛媽媽又補了一句。

舒雅卻推著點滴架，迫不及待要把好消息告訴小文。

爸爸擔心她走太快，傷到尚未完全復原的腿，趕過來幫她推點滴架，舒雅則拄著枴杖，開心的一步一步走到小文病房。

她實在太高興了，來不及敲門，用力一推，卻撞到門邊的小文，小文正把擺放「彈鋼琴的少女」拼圖的桌子推到窗邊，被舒雅突如其來的推門動作，整個人撲跌下去，桌上已完成的拼圖翻倒地上，散落四處，所有人都傻在當場，這會是不吉利的兆頭嗎？

舒雅張著嘴，說不出話，這個拼圖是小文挑選許久，要送給小由當作生日禮物，因為小由一直很希望成為鋼琴家，而這幅畫的作者雷諾瓦的生命熱忱更是值得他們學習。小文花費將近一個月，不讓任何人插手，費心拼好，還來不及送出去，卻整個碎了一地，舒雅尷尬得不知如何是好？

同房的吳媽媽大聲叫嚷，「哎呀！你怎麼這麼不小心，這是犯忌諱的。」

反倒是小文過來安慰她，「沒關係，我再拼好它就是了，不過，你要幫我忙喔！」

「好啊！好啊！」她真是感謝小文，沒有責怪她，只能拚命點頭。

舒雅出院那天，雖然心中充滿喜悅，卻也捨不得這些醫院裡的朋友，她覺得彼此認識的時間雖然不長，卻有著革命情感，比其他的朋友更可貴，她多希望不是只有她康復出院，而是大家都能夠一起健康出院。

她特地挑了幾間比較熟悉的病房進去說幾句話，媽媽一旁催促她，「不要再依依不捨了，這種地方，越快離開越好，千萬不要跟他們說再見，知道不知道？」

她點點頭，轉到小文房裡跟她道別，未料，回院追蹤檢查的小由也在小文房裡，而且正跟小文抱頭痛哭，因為小由發現肺裡長了「滿天星」。

舒雅呆若木雞，不由聯想到媽媽送的花，還有她撞翻的拼圖，小由的病況，莫非都是她造成的？她的喜悅頓時被小由的淚水沖淡了，她悄悄掩上門，默默的離開了。

一路上，爸媽熱切的計畫要買什麼好吃的食物、帶舒雅去哪兒散心，舒雅卻提不起勁來，獨自對著車窗，流下眼淚，擔心著，小由會變成小天使嗎？

回到家，舒雅又是一個大驚嚇，家裡竟然亂七八糟，沙發上堆滿衣服，餐桌上則是各種廣告信、宣傳單，連地板都發黏了，媽媽定時清理的清澈水族箱也長滿青苔，孔雀魚全都死了，只有幾條紅太陽存活。

她好傷心，因為自己生病，全家人忙著照顧她，家整個變了，變得像一個垃圾堆，再也壓抑不住淚水，大哭起來，抽抽答答說，「對不起，對不起，都是我害的……」

爸爸似乎懂得她的意思，拍拍她的肩膀安慰她，「沒有關係，我們慢慢整理，你要像紅太陽一樣，環境再惡劣，也要堅強的活下去。」

6 雪人不見了

當舒雅從醫院回到久違的家，發現原來一塵不染的家，變得像個垃圾堆，她心裡好難過，她幾乎不敢想像自己的房間是否情況更糟更可怕？

她深吸一口氣，推開房門，她揉揉眼，以為自己走錯了房間，裡面非但不髒不亂，而且煥然一新，布置成她最喜歡的凱蒂貓房間，從床單、棉被、窗簾、衣櫥、小地毯、拖鞋……，都是可愛的HELLO KITTY大頭圖案，而冬天的陽光正從掀開一角的窗簾灑入，整個房間好美好夢幻。

這一定出自媽媽的設計，原來媽媽還是愛她的，正如同爸爸說的，「媽媽是刀子口豆腐心」。她轉過身正想跟媽媽說謝謝，媽媽卻皺著眉頭警告她，「你要好好聽話，乖乖在家裡休養，別光著頭到處跑，別人會問，很麻煩的。」

她的「謝謝」含在嘴裡，吞也不是、吐也不是，還是爸爸打了圓場，過來說，「雅雅，喜歡嗎？你媽媽為了迎接你回家，花費許多心思，到處蒐羅來的Hello Kitty呢！」

她這才藉機趕緊向媽媽道謝，可是，她想上學的話，卻怎麼也開不了口，媽媽一定不准許她「拋頭露面」。

她也不明白，納悶自己的改變，以前為了考不完的試、念不完的書，發脾氣不肯上學，媽媽還罵她一頓，「你這樣自暴自棄，早知道就不要把你生下來。」

當時是爸爸連哄帶騙，答應寒假帶她去迪士尼樂園，她才答應背起書包上學去。

小文也跟她說：「我以前在學校被同學欺負，所以我不太喜歡上學。現在生病了，就好想好想回學校，大概是離開太久，才會想念吧！」

這種上學的渴望壓抑太久，讓舒雅提不起勁來進食，爸爸早就幫她準備好制服和書包，卻不敢跟媽媽提。直到媽媽發現自己費心熬的雞精，舒雅一口也沒有喝，遂問她，「這麼好喝的雞精，為什麼不喝？喝了才有元氣。」

「我不想喝，我想去學校！」舒雅脫口而出。

「去學校做什麼？」媽媽猛得抬起頭，「你這個樣子怎麼去學校？走路都走不穩，頭髮也沒有長出來。」

「我可以戴帽子，也可以慢慢走，醫生說我應該多走動走動，復原比較快。」舒雅早就想好了一套說詞。

爸爸乘機在一旁幫腔，「你就讓她去一次，看看校園，心情變好了，對病情也有幫助。」

「我想想看。」媽媽沒有直接答覆，爸爸跟舒雅擠擠眼睛，這表示還是有希望的。

過了兩天，舒雅早晨起床意外發現桌上有一個紙袋，裡面放著一頂假髮，媽媽貼著一張小紙條，「要出門，記得戴著。」

這表示媽媽答應她去學校了？

她興奮的拿起假髮對著鏡子試戴，大小竟然剛剛好，而且過耳一公分的長度，讓她看起來真有幾分國中生的模樣，她衝出房門呼喚著「媽，爸！你們看。」

回應她的卻只有爸爸，「好看好看，媽媽真有眼光。待會兒爸爸就陪你去學校，你在杜仲宇那班上課，老師已經答應了。」

不管是去一個下午，或是一星期，還是直到學期結束，舒雅都不在乎，只要可以到學校，可以像所有同學一樣，變成國中生，她就心滿意足了。

導師姓趙，是一位個子嬌小的年輕老師，講話又快又急，很像西北雨一滴滴落在雨遮上，她簡單介紹舒雅，安排她跟杜仲宇坐在一起，其他同學懷著異樣眼光說，「老杜，你很有同情心喔！」

杜仲宇的臉都紅了，挪了挪椅子，似乎想跟舒雅保持距離。

剛好下一節是體育課，舒雅無法到操場上跑跳，只能獨自坐在樹底的石椅上，風有些大，她拉緊外套，羨慕得望著同學們，杜仲宇過來跟她說，「快要校慶了，我們要練習大隊接力，你一個人，可以嗎？」

舒雅點點頭，「你不用管我，免得同學笑你。」

杜仲宇抓抓頭，尷尬走開了。沒想到，張敏敏卻在這時經過舒雅身邊，誇張的叫著，「果然是你，老師說校園裡來了一位抗癌小鬥士。你膽子好大，現在正在流行感冒，不怕被傳染？」

「癌症都得過了，還有什麼細菌可怕的。」舒雅淡淡回應。

「我跟你說，我現在已經不喜歡杜仲宇了，所以，你不用怕我，反正你現在再怎麼樣也贏不了我了。」張敏敏不懷好意的上下打量舒雅，好像她得了多麼不堪的疾病。

如果是過去，舒雅可以在成績上打敗張敏敏，但是現在，她不曉得自己的疾病是否完全復原？國一是否跟得上進度？無論她多麼努力，已經落後的進度，她是趕不上了。

風愈來愈大，她摸摸假髮，很擔心被吹掉，那就糗大了。進入冬天後，天氣變得如此寒冷，可是，卻比不上她的心冷，當她生病以後，似乎什麼都變了。

雖然爸爸跟她說過，如果想要回家，可以打電話給他，他來接她，可是，她卻獨自背起只裝著兩本書本的書包，緩緩走向校門，書在書包裡晃來晃去，就像此刻的她，瘦小的身軀，在偌大的校園裡顯得如此孤獨。

走廊上遇見過幾個小學同學，大家也只是遠遠打個招呼就跑開了，她不禁揣想，是自己過去的人緣太差，還是大家不了解骨癌這種疾病，所以敬她而遠之？

一場骨癌，不只是奪走她的健康，也奪走原該屬於她的青春，她彷彿瞬間蒼老許多，如同枝椏間飄飄欲墜的黃葉。

因為是好不容易跟媽媽爭取來的上學機會，舒雅不想輕易放棄，之後又去了幾次學校，可是，似乎一次比一次糟糕，到後來，連杜仲宇都不跟她說話了。再加上老師教的課，除了音樂美術，她都跟不上進度，同學的話題她也插不上嘴，好像她突然到了外星球。她開始想念醫院的朋友，他們彼此的情誼已經遠遠超過學校同學了。

拖著沉重的步伐回到家，難得爸媽都在家，他們還正在討論搬家換房子居住的話題，爸爸希望搬到郊區去，給舒雅一個空氣清新的好環境，以便調養身體。媽媽不願意放棄她經營許久的花店，說什麼也不答應。

「你先去看看再說，那棟山坡上的房子大小剛好，價錢也合理，賣了這邊換那邊，可以省下一些錢給雅雅做醫療費。而且它離捷運站不遠，巷口就有便利商店，你可以在旁邊租個店面，重新開始……」爸爸指著手上的房屋廣告耐心解釋。

「這裡住得好好的，我不要搬家。你問雅雅，她一定也不願意。」媽媽突然把矛頭指向舒雅。

舒雅愣了愣，如果是前幾天，她一定跟媽媽站在同一陣線，而現在，想到以後不用在這所國中上課，完全離開昔日的同學，甚至杜仲宇也會成為往事、成為回憶，她反而覺得是一種解脫。

可是，她沒有答腔，不想介入爸媽的戰爭。況且，她心知肚明爸爸的打算，雖然爸爸幫她投保過醫療險，可是，抗癌的藥物很貴，爸爸擔心無以為繼，「唉！」她用力拍打枕頭出氣，都怪自己，要不是她生病，爸媽就不會吵架。

接下來的日子，爸媽繼續為搬家的事情鬧彆扭，舒雅覺得家裡的氣壓很低，心裡悶得慌，加上掛念剛動手術的小由，藉口去學校，卻搭車到醫院七七病房探望癌症的戰友。

她在護理站翻看名牌，只看到小由的，沒有小文，正要詢問護理師，就看到小由推著點滴架走過來，兩人用額頭碰了碰，代表彼此的問候，這才知道小文已經跟爸媽到歐洲旅行了。

「她不是想去南極嗎？」舒雅覺得奇怪，小文怎麼會更改行程？

「醫生擔心她的身體狀況，可能會有危險，所以改了地點。」

「喔！不曉得我的納尼亞是否也會被改掉？我不想換地點。」舒雅斬釘截鐵說。「那你呢？什麼時候拍美美的照片。」

「我還沒找到我的新郎耶！」這是小由之前的玩笑話，她不想沒有當過新娘，就去天堂做小天使，所以，她很積極的尋找願意跟她一起拍婚紗的男生。

望著牆壁上掛著的「嚮往藍天」的拼圖，那是小葦的作品，而如今小葦已經在藍天那一邊，不曉得他過得好不好？藍天下的河堤旁坐著一對母子，小由摸摸拼圖，說：「小葦媽媽剛才來過，她燉了一鍋魚湯給我喝。」

「你媽媽呢？」舒雅之前住在醫院，整天想的都是自己的病，現在自己逐漸健康了，心裡有了空處，才想到她從未見過小由的媽媽。

向來笑口常開的小由卻低下頭，慢慢走向走廊底的窗邊，輕聲嘆口氣說，「我不知道。」

「她知道你生病嗎？」

「我不知道。」小由搖搖頭，眨了眨眼睛，轉過臉時又換上笑容，「我們去看小剛，他好像快要出院了。」

莫非這是小由的痛處，所以她不願意提起，難怪舒雅曾經聽到小由跟小文媽媽說，「我好羨慕小文，擁有這樣的媽媽，可以撒嬌。」比較起來，舒雅媽媽雖然說話像仙人掌，常常刺到她，可是，總比小由的媽媽像空氣好得多吧！

舒雅回家以後，媽媽知道她去醫院了，非常生氣，責備舒雅為什麼到醫院去，「大家離開那裡，都希望永遠不要回去，你卻自投羅網？」

「媽媽，你的成語用得不對。」舒雅想轉移焦點。

「那……那是飛蛾撲火。反正你就給我乖乖待在家裡。」

「遠離醫院就不會長癌細胞？那我們應該搬到深山裡去。」舒雅小聲嘟噥，她知道有些人迷信，認為回到兒癌病房，就會導致癌症復發。

就在這時，爸爸進門邊脫鞋邊說，「是啊！所以，我們準備搬到郊區去，我下午已經繳了房屋訂金。」

媽媽原已在氣頭上，這下子等於是火上澆油，她氣得大吼，「你們……你們父女倆想要氣死我是不是？好，既然大家都不聽我的話、不在乎我的意見，我乾脆離開這個家。」媽媽「砰」的一聲甩上門出去了。

當天晚上，媽媽沒有回家，外婆打電話來報平安，說媽媽過幾天消氣了，自然會回來，不要擔心。

哪料，隔天半夜，舒雅突然發高燒，爸爸以為是感冒，打算帶她去附近診所看醫生，舒雅喘得很厲害，跟爸爸說：「我出院時，醫生提醒過，如果不舒服，最好是回醫院。」

叫了救護車，緊急送舒雅到急診室，媽媽得到消息，也趕了過來，舒雅一則以喜、一則以憂，喜的是她的發燒反而讓爸媽講和了，憂的是，希望自己只是感冒，否則又要挨媽媽罵了。

因為化學藥物雖然可以殺死癌細胞，但同時也會傷害其他正常的器官，例如白金傷害聽力、小紅莓傷心臟，MTX傷肝，治療過程中，甚至有人的心臟負荷不了，打完一劑化藥就心臟衰竭離開世界。

舒雅剛剛重溫家庭生活，家裡也開始步上正軌，回到起初那個美麗的家，她很不想住回醫院。

沒想到，檢查後意外發現，癌細胞在舒雅的右肺裡出現，就像一朵小小的茉莉花，散發的卻不是討喜的幽香。

媽媽哭喪著臉，爸爸眼眶含著淚，舒雅轉過頭看向窗外，心中說不出的無奈與悲痛，勉強壓抑下去，這時，突然又看到久違的小文鳥，飛向天空，她彷彿對自己說：「幸好不是滿天星。」

醫生建議幫舒雅開刀摘除腫瘤，媽媽問醫生，「萬一又長出來呢？」醫生說，那就繼續切，直到不能切為止。怪不得當初小文肺部手術時，會跟醫生說，乾脆幫她在胸部裝一條拉鍊，以後要開刀比較方便。

舒雅沒有小文的幽默，媽媽更是氣急敗壞，一邊數落舒雅，「叫你不要到醫院，你偏偏要跑來。好啦，這不是自投羅網是什麼？」

爸爸也慌了手腳，不曉得如何面對，媽媽大力反對在舒雅的身體上又增加一道疤痕，「這樣她以後怎麼結婚？」媽媽說。

舒雅不怕疤痕，某個歌手被火燒傷，她的男朋友照樣娶她。她只是害怕這是一條漫長的路，她永遠逃不過癌症的陰影，癌症好像一個暗夜裡潛伏她家附近的歹徒，每天找機會偷襲她。

沒有人敢保證哪一種治療方法最有效最安全，只好繼續嘗試新的化學藥物，希望讓腫瘤縮小，甚至消失不見，因為曾經有人成功過。

舒雅再度住進七七病房，小由就在她隔壁，病房裡其餘兩位都是新的病人，雖然心裡捨不得離開家，卻又有一種說不出的安心。

電視上正播報某位參加歌唱比賽第二名的女生，因為失戀，燒炭自殺，舒雅記得她的英文歌唱得很像外國人，網路票選也很高分，她為什麼要為了不喜歡她的男人殺害自己？

舒雅氣得大哭，太過分了，拚命捶著枕頭，彷彿要發洩心裡的怨氣，他們那麼努力活下來，卻有人輕易放棄自己的生命。難怪小文、小由抱著虛弱的身體，也要拍攝公益廣告，原來，他們和那些藝人不是想要拋頭露面、沽名釣譽，而是真的想幫助人。

她躺在床上，聽著化藥滴答聲，望著藥劑流入她的身體，搞不清楚化藥到底是朋友還是敵人？會不會癌細胞沒殺死多少，她的身體又更虛弱一些？她不敢去想結果，也不願意去想，到底自己是否能夠逃過這一劫，是否會像小葦一樣，提早離開世界？

她不敢問爸媽，因為他們雖然是大人，似乎比她還要害怕，爸媽每天在為她是否開刀起爭執，不願意做決定，好像只要假裝不在乎，一天拖過一天，癌細胞覺得無聊，就會離他們而去。七七病房裡很多人都是這樣，不敢面對，只能逃避。

小文已經從歐洲旅行回來，拍攝不少美麗照片，放在網路上跟大家一起分享，她戴著各色毛線帽，映在白雪之間，就像一朵朵五彩繽紛的花。她送給小由和舒雅各一塊山上的紀念礦石，「聽說山上的石頭都有幾千幾萬年了，我們也要像礦石一樣……」

「變成老怪物！」小由大聲回應，三個人笑成一團。

笑聲還在耳邊，小由爸爸卻做了重大決定，因為這次的化藥沒有明顯效果，加上他們家經濟困難，療程結束後小由就要回家休養，吃中藥調理。

雖然還是沒有人當小由的新郎，她如願拍了美麗的照片，穿著白紗禮服，好像小新娘，她的爸爸捧著照片給大家看時，不時擦拭著眼淚，小由安慰他，「爸爸，我結婚那天，你要牽著我，送我出嫁喔！」

「好好好！」小由爸爸邊哭邊點頭，他是辛苦的單親爸爸，獨力照顧兩個孩子，家裡醫院兩頭奔波，十分辛苦，小由的媽媽如果知道，她會突然出現，伸出援手嗎？

隨著氣溫下降，冬天的腳步也悄悄掩至，為了迎接聖誕節，醫院各個角落裝飾得五彩繽紛，一樓大廳裡布置著跟兩層樓一般高的聖誕樹，七七病房的門口則是一棵銀白色的小聖誕樹，周邊還有雪人、雪橇、聖誕老公公，樹頂站著一個可愛的小天使。

送小由出院時，她們三個特地到聖誕樹前拍照，卻意外發現雪人不見了，護理師說，「奇怪，早上還在這裡的，是誰偷走了嗎？」

「是不是會不吉利？」小由的弟弟小聲說。舒雅的背脊一陣冰涼，難道是她們之中有人會被接走，成為小天使嗎？

小由似乎猜到大家的心事，笑嘻嘻說，「這表示太陽出現了，雪融化了，春天快要來了。」

她們三個緊緊擁在一起，留下美麗的鏡頭，舒雅要永遠記住這個美麗時刻。

7 不讓眼淚陪我過夜

小文、小由都不在醫院，舒雅覺得分外寂寞，雖然陸續有新的病人住進來，可是，想要重新建立感情，變成好朋友，似乎很難。

尤其是跟舒雅同病房的阿寶，還不滿六歲，既愛吃又愛哭，吃多了鬧肚子，半夜哭喊肚子痛，照顧的菲傭根本不管他，自己呼呼大睡，真的是呼呼大睡，打呼的聲音嚇死人，穿過牆壁，飛到外太空，星星都會嚇得掉滿地。

舒雅翻了個身，望著阻擋陽光的百葉簾，一片又一片，突然想起她已經許久沒有玩拼圖了，自從小葦哥哥離開以後，她也把拼好的「梵谷的星空」擱在家裡臥室的角落，彷彿刻意隱藏這段記憶，她就不會在想起的時候傷心。

小葦哥哥如果還在，一定會陪她說故事，比《一千零一夜》還要動聽。他現在是否在天堂打籃球？那他的灌籃、三分球一定都是每發必中，他的腿也像健康時一樣彈力十足，是這樣嗎？

跳跳球艾力克自從拍電影之後，更是許久不見，別說是電話，連伊妹兒或手機簡訊都沒有，她心裡免不了小小埋怨。可是，每個人都有自己的事情與重擔，而且，非親非故的，怎麼可能天天把她放在心裡面牽掛著？

這兩天，媽媽身體不舒服，沒有來醫院陪伴，爸爸的客戶出車禍，他必須趕去處理，只好拜託姑姑下班過來。舒雅跟姑姑沒什麼話可以聊，加上表弟也在生病，姑姑坐立難安，一直打電話回家，沒多久也離開了，臨走把舒雅托給護理長。

幸好暫停化藥，噁心的感覺也跟著暫停，可是，晚餐時，舒雅卻沒有什麼胃口，日復一日變化不大的餐點，誰都會吃怕的。

她望向床邊的綠色塑膠躺椅，只有一條隨意堆疊的薄毯，塞在角落，那也是媽媽的陪病床，媽媽在這張簡陋的床上睡了好幾個月，即使常常抱怨腰酸背痛，卻始終沒有逃避。媽媽也比爸爸細心，每晚會記錄她施打的藥物種類及時間，免得護理師換班弄錯了，媽媽也會半夜起床看看她的點滴是否打完了，問她要不要尿尿？或是幫她蓋毯子。

為什麼媽媽不來了？她也倦了、乏了嗎？

天色愈來愈黑，舒雅的恐懼與害怕愈來愈濃，她把棉被拉起來，蒙住自己的臉，躲在裡面啜泣著，眼淚在臉上到處亂爬，好像她被棄置垃圾堆，正被無數隻螞蟻啃噬著。

「舒雅，怎麼蒙著頭睡覺？」是護理長藍藍阿姨的聲音，她輕輕拉下舒雅的棉被，用面紙幫她擦拭眼淚，沒有問她為什麼哭了，只是說，「抱歉，我忙到現在，都沒來看你。是不是睡不著？要我念故事書給你聽嗎？」因為化學藥物的影響，舒雅的視力變差，只要打開書，書上的字好像參加舞林大會，施展各家舞功，跳個不停，她的頭更是劇烈疼痛。

舒雅有點尷尬，隨口回答，「你只要跟我說話就可以了，說不定，我媽媽等下就會出現，她會念故事書。」

舒雅跟藍藍阿姨不是很熟，只是聽小文提起過，藍藍阿姨很有愛心，把病房裡的小朋友都當作自己的孩子。於是，舒雅問她，「你怎麼不回家照顧孩子？你可以不用陪我。」

「我……」這回換藍藍阿姨的淚光在眼眶裡閃爍，「我的孩子由上帝在照顧，醫院就是我的家。」

原來藍藍阿姨的女兒在十二歲時罹患癌症，不到半年，就離開世界，那是她唯一的孩子。

「我結婚後不久先生就車禍過世，雪雪是他留給我的孩子，沒想到，雪雪跟我的緣分也這麼短……。她就像雪人，在陽光下，一點點融化，到最後整個不見了……，我不該幫她取名叫作雪雪。」

「所以，大廳聖誕樹下的雪人是你偷走的？」舒雅驚覺過來。

藍藍阿姨點點頭。雪人融化對每個人具有不同意義，有人認為那代表冬天過去、春天到來，對藍藍阿姨來說，卻讓她想起女兒生命逐漸消失的景象。

「你一定很想很想她囉？」

「我怎麼可能忘得了，而且我也不想忘記。我每天不斷回想，她的聲

音、笑容才會更清晰，我好怕有一天想不起來她長得是什麼樣子。」

「如果我走了，媽媽會想我嗎？還是，她會說，走了就沒煩惱了？省得天天提心吊膽……」舒雅自問自答著。

「我相信，不管她對你說過什麼，她都是愛你的，只是她不曉得怎麼處理自己的情緒。就像雪雪剛離開的時候，我也很矛盾，回到家，觸景傷情，留在醫院，看到病房裡的孩子離開，又會難過。漸漸的，我發現，我可以在你們臉上拼湊出雪雪的笑容、雪雪的美麗，我就決定這一生把愛完全奉獻給七七病房的孩子，每當我在你們臉上看到笑容，就覺得雪雪還在。」

她拍拍舒雅的臉，「有沒有人告訴你，你笑起來很可愛呢！如果你覺得難過、害怕，不要把它壓抑在心裡，把它說出來，就好像把它從你心裡的牢籠中放走，它就無法傷害你。」

舒雅勉強牽動嘴角，卻笑不出來，但她卻感覺出藍藍阿姨是一位最像媽媽的護理師，她會用溫暖的眼神望著她，發自內心的關懷她，不像某些護理師，可能是害怕他們生病的模樣，或是害怕癌症，進了病房，連眼神都不跟他們接觸，打完針、量完脈搏、把服用的藥物遞給他們，低著頭就走了。

她閉上眼睛，試著讓自己入睡，雖然爸媽不在身邊陪伴，至少她不再覺得孤單。

計畫永遠趕不上變化，這句話形容七七病房裡的人最貼切，所以，有些病童家屬抱著及時行樂的想法，不敢訂定太長遠的計畫。

小文就是這樣，已經切除左肺腫瘤的她，正子攝影檢查一切正常，她歡天喜地的正準備去東京迪斯奈樂園，卻在出發前一晚，因為血壓下降、呼吸困難，再度住院。

萬萬沒想到，醫生卻在小文右肺發現一顆靠近心臟大動脈的腫瘤，因為長的位置很難動刀，任何細微的閃失都會要了她的命。可是，不開刀，腫瘤愈長愈大就會壓迫心臟，導致血管破裂，照樣有生命危險。

這真是一項艱難痛苦的決定，七七病房的人，不管是護理人員或病童家屬，見了面就會問，「小文決定了嗎？」

因為時間緊迫，小文自己決定冒險動手術，她說，「這樣等下去，只有死路一條，開刀至少比較有希望。」

只是，小文原訂和小由參加「愛你愛我愛生命」公益短片的首映典禮，勢必得缺席，這是她期盼已久的盛會，負責短片拍攝的大鳥更是滿臉失望，小文卻反過來安慰大鳥，「我如果開刀成功，更能鼓勵大家。」

手術前一晚，小文跟爸媽和小由、舒雅一一道別，舒雅、小由眼淚汪汪的望著她，好像看久一點，小文就不會消失。小文卻不改她幽默的個性，跟長得肉肉的小由說，「你不要吃得太胖，不然你以後要到納尼亞，亞斯藍會吹不動你。」

「你好勇敢。」舒雅擦著眼淚，好擔心下一個面對這種情況的會是自己。

「我不是勇敢，我只是抓住希望、抓住機會。」小文拍拍舒雅的手背，「萬一我先去天堂，我會跟上帝商量，慢一點接你們去，反正已經有小葦哥哥陪我了。」

這時，大鳥突然到訪，興奮的跟小文說，「我們的記者會決定改期，因為大家都希望你能夠出席。」

整間病房好像點燃了快樂的火把，瞬間亮了起來。這時，小文的眼神悄悄環顧四周，舒雅知道她在找每次開刀都會到場加油的艾力克，她氣呼呼的說，「我打了好幾通手機給小艾哥哥，他都沒有接，一定是經紀人擋掉了。」

「他到小島拍電影，那裡收訊不好，不要怪他。」小文卻沒有生氣，淡淡的替他做了解釋。

因為擔心小文的手術太驚險，舒雅帶著點滴架，和小由一起在手術室外等待。舒雅原先以為躺在手術台上任人宰割最可憐最痛苦最受折磨，這時才發現，在外面等待的人也很煎熬。病人已經麻醉了，感受不到痛苦害怕，可是親友們不清楚手術室的情形，只能提心吊膽的緊盯著跑馬燈上的病患姓名，或是注意傾聽擴音器的呼叫。

小由輕聲跟舒雅說，「這些看板是不是很像機場的時刻表，告訴我們不同的班機飛紐約、飛西雅圖、飛東京……。」

小文的班機會飛去那兒呢？萬一本來要回台北，卻去了天堂怎麼辦？

焦慮加上夜晚不停做惡夢沒有睡好，舒雅開始胸悶、氣喘，只好先回房間休息，小由答應隨時跟她報告小文近況。

大概是累了，舒雅很快就睡著了，夢裡滿天飛舞的小文鳥，遭到獵人射殺，血跡斑斑，她一直哭，卻無能為力。掙扎著醒來，只見窗外的天色已經變暗，小文呢？小文怎麼樣了？

這時，小由突然衝進來，控制不住大叫，「結束了，結束了！」

「什麼結束了？」舒雅渾身抽冷，小文的生命結束了？她急忙跳下床，赤著腳踩在冰冷的地上，忍不住大哭。

「你不要哭啦！是手術結束啦！醫生說手術很成功，血管沒有破，腫瘤切除了，小文沒事，小文沒事。」小由氣喘吁吁說，「如果真的有上帝，我要用力親祂一下，謝謝祂把小文還給我們。」

舒雅忍不住又哭又笑，感謝上帝感謝納尼亞的獅子亞斯藍，小文又度過難關，這真的是奇蹟，舒雅相信，小文一定可以活得長長久久。

當大家興高采烈為小文慶祝時，卻傳來艾力克受傷的消息。

舒雅翻開報紙、打開電視，幾乎都在報導艾力克，不是因為他演技精湛，獲得好評，而是他跟合作拍片的影后真真傳出緋聞，真真的男朋友衝到片場打傷了他。

跳跳球出事了？他傷的怎麼樣？沒有人提起，媒體只關心真真跟艾力克是不是假戲真做？

舒雅每隔幾分鐘就打一次艾力克的手機，卻沒有人接聽。

小文還在加護病房休養，舒雅不想讓她擔心，只好託大鳥幫忙，讓她利用深夜偷偷到醫院探望他。

畢竟艾力克還是小咖藝人，門口只有兩三位媒體記者守著，門外坐著一位好像保全的叔叔，站起來正要阻擋舒雅和爸爸，舒雅爸爸立刻報上名字，保全叔叔手一揮，就讓他們進去了。

推開厚重的門，只見艾力克頭上綁著繃帶，臉上青一塊、紅一塊，左手也骨折了，那種感覺好奇怪，她才是病人，跳跳球怎麼會變成病人，好像他拍的電影是警匪片，不是文藝愛情片。

舒雅禁不住哭出聲，「你怎麼受傷這麼嚴重？你有沒有腦震盪？你還認識我嗎？」

「我寧願自己腦震盪，什麼都不知道就好了。這什麼世界嗎？沒有別的新聞了嗎？整天都在播……」艾力克氣得關上電視，頹然嘆口氣，「舒雅，不好意思，讓你看到我這麼狼狽的樣子。」

舒雅覺得很不習慣，活蹦亂跳、笑口常開的跳跳球，竟然躺在床上，像……像一個洩了氣的爛排球。

「他們說你利用真真想讓自己出名，我才不相信，你只想完成自己的夢想，怎麼可能怎麼可能……你這麼好的人，他們把你寫得那麼難聽，我好生氣，我的心都痛了。」

舒雅緊緊抓著艾力克沒有受傷的右手，愈哭愈傷心，艾力克一反常態，不像平常那樣幽默風趣逗她笑，也忍不住掉下眼淚，「我不喜歡這樣的圈子，我只想拍電影，不想要這些亂七八糟的八卦……。」

哭著哭著，舒雅突然跳起來，大聲問他，「你騙我對不對？」

艾力克用右手背擦抹眼角的淚水說，「我沒有騙你，我真的沒有愛上真真。」

「我不是說這個，我是說……，我是說，你平常的樂觀都是假的，你只是為了安慰我們、鼓勵我們，你並不是真正的快樂，你隱藏了自己的痛苦。」

爸爸過來拉拉舒雅，「雅雅，艾力克受傷這麼重，不要吵他，讓他休息。」

「沒關係，讓舒雅說。我的確騙了她，還有小文、小由，因為你們的人生已經太痛苦，我不想再讓你們痛苦，對不起……。」

舒雅吸了吸鼻子，「沒關係，我覺得你很偉大，你為了我們做了那麼多，像你這樣的好人，亞斯藍會幫助你的。」

舒雅爸爸也鼓勵艾力克，「你要堅持自己的夢想，走出自己的路來。不要去管別人怎麼說，清者自清、濁者自濁。」

「對啊！他們只是利用你炒新聞，報紙太多頁，需要填很多字，就像我媽媽插花，有些空的地方要補一些花……」提到媽媽，舒雅的臉色不由黯淡下來。

她把藍藍阿姨送的金句卡轉送給艾力克，「喜樂的心乃是良藥，憂傷的靈使骨枯乾。」她輕輕念著，「你也要快樂啊！身體才會很快好起來。」

「雅雅，時間不早了，讓艾力克休息。」爸爸一旁提醒。

這回換舒雅在他的額頭點三下，這是他們的暗號——「要加油」，她只是小孩子，說不出高深的道理，但是她相信，艾力克都懂。

回醫院的路上，舒雅哀求爸爸讓她順路回家看一下，爸爸彷彿知道她的心思，主動跟她說，「南部有一場大型婚禮，你媽媽去幫忙布置場地，不在家。你還是直接回醫院，出來這麼久，護士阿姨會擔心的。」

真的是這樣嗎？舒雅微微皺眉，卻乖乖閉上嘴，不再多說。跟癌細胞的幾回生死搏鬥，讓舒雅變得深沉，懂得觀察，也學會思考，經過艾力克的受傷，她更加明白，有些事情她不需要打破砂鍋問到底。

化療的療程結束，等待檢驗報告時，舒雅除了探望小文，就只能到護理站找護理師聊天。這天，當她剛要從走廊轉進護理站，卻聽到護理師們的交談，「她媽媽應該是希望看到女兒好起來，受不了她的情況愈來愈糟，別家是爸爸逃避，她卻是媽媽逃避。換了是我，也不希望看到家人一天天惡化吧！」

她們是在說她嗎？她探出頭去，護理師們即刻閉上嘴，動手處理桌上的資料，她們說的果然就是她的媽媽。

她轉念間想起自己飼養的紅太陽，當牠們的皮膚長斑點、尾巴爛掉，滴了藥水在水裡，還是無法痊癒時，她擔心傳染其他的魚，只好把生病的魚撈出來隔離。

看著生病的魚每況愈下，她感覺好難過，知道紅太陽遲早會死掉，卻要這樣望著牠慢慢死去，她不忍心，只好狠下心把魚連水倒進馬桶裡。媽媽是不是也

是這種心情，害怕這種慢性折磨、凌遲與切割，索性悄悄離開？

舒雅開始想念媽媽，想得眼淚不停流下，她寧願聽到媽媽扯開嗓門的罵她、怪她，不停的說教，也不要看不到媽媽，她不喜歡這種被遺棄的感覺。

望著醫院大樓外的綠地，蔚藍的天空飛過一隻鳥，她被困在這座樓裡多久了，不曾展翅飛翔？她決定不要再這樣不乾不脆、拖拖拉拉，她要讓媽媽看到她一天天好起來，她彷彿下了重大的決定……

8 蘭花島上的公主

每次有小朋友動完癌症手術，兒癌病房就會引起一陣騷動，除了親友圍繞在病房門口，護理人員和其他病童家屬更是熱心探詢手術情況，好像是自己的家人正在受苦受難。

舒雅的手術還算順利，醫生也跟舒雅爸爸說，右肺的腫瘤都摘除乾淨了。但是，不曉得為什麼，舒雅卻覺得這次的傷口特別疼痛，明明麻醉藥效尚未消失，她的胸口卻隨著每次呼吸一陣一陣的撕扯著，好像肺裡頭有兩個調皮搗蛋鬼正在打架。

當她被推進病房時，面對著許多關切的臉孔，她卻緊閉雙眼，不想回答任何人的話。頭很昏，神智不太清楚，她依然隱隱查覺出人群裡沒有媽媽，眼淚悄悄自眼角滑下，陪在身旁的小文緊握她的手，小由則幫她擦掉眼淚，她緩緩的吐出氣來，告訴自己一定要堅強。

當舒雅再次醒來，已經是黃昏時刻，身邊的親友都散去了，爸爸躺在陪病床上，發出輕微的鼾聲。她傷口的疼痛開始加劇，記起小文教過她的方法，盡量深呼吸，呼吸愈慢、次數愈少，傷口的震動、拉扯也會變少。

她做了艱難的決定，終於開了刀，割掉肺裡的壞東西，可是，之後呢？想著其他病童仍在化療或手術的煎熬之中，舒雅心裡不免害怕著，伸張著手掌，想要抓住什麼，卻好像什麼也抓不住。

到底死亡是什麼？就像小葦哥哥那樣，想看他卻永遠看不到了？昨晚手術前，小葦媽媽特地來看她，為她加油，跟她說，「你要把小葦沒有活到的活下去。」一說著，小葦媽媽就哭了，一定是想到小葦。既然離開會讓留下來的人傷心，是否她就應該努力活下去？

但是，她要怎麼活呢？

她從小以為，只要自己努力，可以得到許多獎項、眾人的讚美、源源不絕的掌聲，現在，她彷彿是驕傲的孔雀，羽毛一根根落下，快要變成渾身光禿的落難雞，卻無力阻止。即使想要動動身體都好困難，她才發現自己的力量竟是如此渺小。

舔了舔嘴，她的嘴脣好乾，彷彿幾天沒澆水的花盆表土，需要水的滋潤。她稍一抬起臀部，傷口就痛，只好輕聲呼喚爸爸。

爸爸的鼾聲戛然而止，猛地跳起來，問她，「什麼事？要上廁所嗎？」

隔床的小象媽媽也站起身，說，「我來幫忙。」

舒雅剛要說自己只是想喝水，小象媽媽卻突然昏倒，舒雅爸爸連忙扶住她，即刻拉動警鈴，護理師連忙趕來，把小象媽媽送去看診。小象不清楚發生什麼事，嚇得大哭，一直吵著說，「我要媽媽，我要媽媽。」

八歲的小象比舒雅早幾天動手術，手術的復原不太好，傷口始終無法癒合。小象住在南部，從學校騎單車回家時突然跌倒，竟然檢查出她得了骨癌，幸好發現得早，不需要截肢。可是，身軀肥胖的她卻不喜歡躺在床上，一直吵著要出院、要回家、要上學，她媽媽想盡各種辦法哄她，只要小象喜歡的，她都買給她，甚至還偷渡炸雞給小象吃。

夜裡，小象媽媽回來了，臉色很蒼白，舒雅爸爸好心問她，「怎麼不請你先生來幫忙照顧小象？你這樣太累了，骨癌需要長期抗戰啊！」

小象媽媽低垂著頭說，「小象爸爸……不見了，我找不到他。」

原來小象爸爸知道小象罹患癌症，必須花費大筆醫藥費，整個人就神隱了，把沉重的擔子丟給小象媽媽。

「他怪我娘家的遺傳不好，要我找娘家爸媽去。我都出嫁了，怎麼好意思跟娘家伸手要錢？」小象媽媽擦著眼淚。

舒雅爸爸嘆了口氣，他是否想到很久沒有現身的舒雅媽媽？難怪有人說，家家有本難念的經，舒雅的苦和小象的苦，到底誰比較苦？

這事情尚未落幕，幾天後，舒雅的傷口不那麼痛了，正想下床走走，卻傳來小象媽媽的壞消息，她的檢查報告出爐，小象媽媽竟然得了胃癌，必須立刻動手術，她緊抱著小象哭成一團，「媽媽命苦，你也命苦，媽媽不想活了。」母女兩個都變成病人，誰要照顧誰呢？

病房裡的氣壓很低，誰都不敢大聲說話，也不知該如何安慰小象媽媽，就怕說錯話，引發另一波哭潮。

舒雅身體依然虛弱，走幾步路就會喘，無法一直待在病房外面，只好躺回床上，打開電視旅遊頻道，把節目聲音調得很小聲。

節目裡正介紹蘭嶼風光，這是一座美麗的綠色之島，以前曾經開滿蘭花，所以稱為蘭嶼，現在雖然沒有蘭花，卻布滿青翠樹木，襯托在湛藍天空、清澈海水之間，彷彿世外桃源，台灣竟然會有這樣仙境般的小島，讓舒雅好意外。

更特別的是島嶼附近的魚長了翅膀，一群群在海面上展翅高飛，蔚為奇觀。綠蠵龜在海灘產卵，閃亮的珠光鳳蝶在森林裡起舞，夜裡則是角鴞樂團的大合唱，這麼多快樂的動物住在島上，簡直就好像……好像——納尼亞。

舒雅看得聚精會神，忘了傷口的痛，滿腦子都是蘭嶼的風景，甚至睡著做夢，都夢到她跟珠光鳳蝶一起跳舞，飄啊飄的在山谷之間飛翔。

於是，當喜願協會的阿姨再度來訪，問起舒雅的願望，她興奮的說，「我找到納尼亞了，她就在蘭嶼。」

「蘭嶼？你想去蘭嶼？」喜願阿姨喜出望外，她們已經煩惱許久，要到哪兒去找納尼亞，現在有了明確地點，她們就可以開始安排，讓舒雅完成心願。

但是，舒雅有一個附帶條件，「我的爸爸媽媽都要一起去，全家一起到納尼亞，這才是我的夢想。」她希望藉著這個機會，讓隱形很久的媽媽現身。

「沒問題！」喜願阿姨很乾脆的答應了。

當舒雅的身體狀況穩定了，醫生也做過檢查，同意她到蘭嶼旅行，她跟爸爸從醫院出發到松山機場，想到要跟媽媽見面，好興奮，但是，意外的，她並沒有看到媽媽，難道是媽媽遲到了？爸爸看到她東張西望，只好揚揚手機說，「媽媽發簡訊來了，有一個開幕酒會，一定要媽媽去幫忙，她答應趕到蘭嶼跟我們會合。」

舒雅難掩失望之情，兩眼定定的凝視爸爸，「真的嗎？」

爸爸點點頭，繼續看他手中的報紙，似乎想躲避舒雅繼續的詢問，看樣子，爸爸也沒有很大的把握，媽媽就這麼不想見她嗎？

舒雅低下頭來，眼淚忍不住流下來，難道，媽媽又要爽約了？

爸爸不斷講笑話給她聽，她還是意興闌珊，直到小飛機快要飛近蘭嶼，湛藍的海水一波波的就在他們腳下，海風陣陣吹來，好像她就要到達納尼亞，會有一大群會說話的動物迎接他們，心情慢慢輕鬆起來。

蘭嶼的天氣十分晴朗，尤其是天空，藍得好像是特地調出來的水彩，美麗得好虛幻。搭著計程車，他們抵達紅頭村的小旅館，爸爸換了一身輕便的休閒服裝，舒雅不想露出腿上的疤痕，依然穿著長褲，頭上則用彩巾綁著，他們一起走到海邊，看到許多艘不同油彩圖案的拼板舟，爸爸連忙幫她拍照。

這時，海邊出現一群奇怪的羊，不是黑色或白色，而是淺棕色、深褐色交錯的羊，在岸邊跑來跑去、跳來跳去，有的羊還蓄著長長的鬍鬚，他們是納尼亞的能言獸嗎？舒雅興奮的跑過去問一隻小羊，「你叫什麼名字？」小羊沒有理睬她，跟著大羊們繞過一艘艘拼板舟，眨眼就不見了蹤影。

「明天帶你坐拼板舟，好不好？」爸爸問她。

舒雅搖搖頭，「我不敢，這船這麼小，萬一掉下水……。」她不會游泳，況且，好不容易躲過癌症，她才不想死在海裡。只是擔心爸爸忌諱，她把「死」這字吞進肚裡。

紅頭村和椰油村位在蘭嶼的西邊，可以欣賞到美麗的日落。喜願協會在島上著名的餐廳訂了餐，爸爸挑選的是二樓的座位，可以望見整片海，以及在夕陽中慢慢染紅的天空，舒雅吹著海風，跟爸爸說，「謝謝你陪我來這裡。」

「爸爸對不起你，沒有辦法把媽媽找來。」

舒雅望著陽台邊閃爍的小燈，眨眨眼，「或許媽媽會給我意外的驚喜也說不定。」

這時，服務生端來店裡的招牌菜——飛魚大餐，舒雅望著盤裡的野菜、地瓜、小章魚，還有靜靜躺在荷葉上的飛魚乾，她卻哭了起來，那些有翅膀的飛魚，應該在海裡飛翔跳躍，怎會變成這副炸焦的慘狀？這條飛魚離開家人多傷心，都是她害的，她絕對絕對不要吃飛魚。

爸爸怎麼哄她都沒有用，只好把她帶出店裡，邊跟服務員道歉，「我女兒生病了，心情不好，對不起。」看起來浪漫的一餐，卻在舒雅的淚水中畫上句點。

回到旅館，舒雅默默的洗澡更衣，躺到床上，爸爸則獨自坐在陽台上沉思，父女之間幾乎無話可說，各自在自己的心事中難過。

夜裡，舒雅做了惡夢，她回到家裡，媽媽的衣櫥卻空了，所有衣服都不見了，連牆上的結婚照、浴室的毛巾和牙刷、門口的拖鞋、廚房的圍裙，都消失無蹤，好像媽媽從來沒有來過這個世界。她嚇得哭醒，像小象一樣，不停哭著說，「我要媽媽，我要媽媽。」

爸爸拍著她的背，輕聲哼著她小時候最喜歡的搖籃歌「風啊！你要輕輕的吹，鳥啊！你要輕輕的唱，我家小寶寶，快要睡著了……」這樣一遍又一遍，舒雅才又睡著了。

第二天，爸爸包了一輛計程車，計畫繞過南邊的龍頭岩，到東清灣預定的民宿居住，因為蘭嶼全島一周不到四十公里，適合慢慢的開車，一邊瀏覽風景。當爸爸攤開地圖跟舒雅說明路線，事先讀過相關資料的舒雅卻說，「我想從北邊的朗島部落繞過去。」

司機好心解釋，「為了迎接觀光季，那邊的道路正在維修，不好開。」

可是，舒雅堅持己見，不肯讓步。爸爸看她前一晚因為飛魚餐已經心情不佳，只好拜託司機先生朝北開去。

沿路走走停停，欣賞手工藝品店的達悟雕刻，買了蘭嶼海上浮標繪製的角鴞吊飾，還欣賞了紅頭岩、坦克岩，沒想到島上奇形怪狀的岩石真多，好像納尼亞王國被白女巫變成的石像。

因為飛魚季剛結束，所以島上遊客不多，倒是炙烈的太陽晒得舒雅昏昏欲睡，她遂把頭伸出車窗外領略海風的清涼。

果不出司機所料，接近玉女岩時，道路用柵欄圍起來，遊客禁止通行。這個小柵欄怎麼擋得住舒雅？她打開車門，邊說，「車子開不過去，我可以用走的。」她緩步朝玉女岩走去，爸爸只好跟在後頭，心裡有點不高興，問舒雅，「你怎麼這麼彆扭？」

舒雅緊閉雙脣，不發一語，好像跟誰賭氣，只是低著頭走路，她又累又喘，卻不願意停下來。不小心踩到小石塊，扭了腳，身體一晃，她差點摔倒，爸爸衝上前扶住她，忍不住埋怨，「雅雅，你身體剛復原，不要這樣……」

舒雅抬起頭，瞇著眼睛，用右手遮住眼前的強光，指指眼前的玉女岩，邊喘著氣說，「爸爸，你看，這塊岩石又叫作夫妻岩，因為很像一對夫妻在吵架，中間有一個小孩正在勸他們不要吵了，可是，勸了很久，爸媽還是一直吵一直吵，最後他們變成了石柱。我聽說，只要全家一起到夫妻岩，跟夫妻岩一起合照，就會變得和睦相處。爸爸，你不要跟媽媽吵架了好不好？」

「雅雅，你這個孩子，爸爸誤會你了……」爸爸把她抱在懷裡，總算明白舒雅想撮合爸媽的心事。

「我跟媽媽發過簡訊，請她一定要到夫妻岩來跟我們見面，我一定要等到媽媽來，媽媽一定會來。」舒雅邊啜泣邊說。

夫妻岩附近沒有大樹可以遮蔽，他們也忘了攜帶洋傘，在接近正午的太陽下等了許久，舒雅快要中暑昏倒，媽媽卻始終沒有出現。

「走了吧！媽媽大概有事忙……」爸爸擔心舒雅的身體撐不住，勸著她。

「她真的不要我了，媽媽不要我了。」在她這麼希望完成夢想的時候，媽媽竟然失約了，她怎麼會有這麼狠心的媽媽。

「來，爸爸揹你，我們繼續完成旅程，尋找你的納尼亞。」爸爸知道舒雅的體力不繼，蹲下去背起她，在石地上一步步走著。

計程車司機調頭往回開，經由南部的龍頭岩朝東清部落駛去，舒雅心情沉重，一方面也疲乏了，喝了幾口水，斜靠著爸爸，很快就睡著了。

正是炎熱的中午，他們在東岸的東清村找到一家簡單的小吃店，面對著一盤油亮亮的海鮮炒飯，舒雅卻沒有胃口，她的手撐著頭，無精打采的說，「我要吃冰。」

「小姐，這是島上著名的芋頭冰，請你吃。」

突然有人遞給她一碗芋頭冰，這聲音怎麼如此熟悉，她順著拿冰的手往後望，竟然是艾力克和小由，兩個人打扮得好像夏威夷人，穿著花上衣、戴著墨鏡。

「你們……你們怎麼來了？」舒雅抱著他們又叫又跳，嚇壞旁邊吃飯的司機。

「我們來幫你完成夢想啊！」艾力克跟她眨眨眼。他跟舒雅解釋，正準備拍攝的勵志片尚未開拍，所以他有空飛到蘭嶼來。

「艾力克跟我提起這個計畫，我們就悄悄進行，想要給你一個驚喜，怎麼樣？夠意思吧！本來小文也要來，可是她最近紅血球太低，又在感冒，所以醫生不讓她出遠門。」小由比手畫腳，嘰嘰呱呱說個不停。

看到艾力克恢復往昔的神采飛揚，小由也變得豐

潤漂亮，兩人一起現身，舒雅的心情頓時谷底翻身，從冰點到沸點，不斷分享她沿路看到的怪石頭，好像媽媽失約的傷心事已經拋到海裡去了。

黃昏時候，他們在附近的餐廳大啖海鮮，老闆認出小由來，問她，「你是不是拍過一支廣告，什麼愛你愛我愛生命……？你現在身體好嗎？」

被太陽晒得紅撲撲一張臉的小由點點頭，「謝謝你，我現在很健康。」

「謝謝你的廣告，我那個天天喝酒喝到茫的哥哥看了以後，竟然戒酒了，太神奇了。」老闆開心的免費招待他們。

夜裡，躺在蘭嶼許多人家特有的木製高架露台上，聽著浪濤聲聊著天，海風就像天然的冷氣，他們覺得好舒服，舒雅伸張雙臂說，「我現在就像在納尼亞，爸爸，你讓我躺在這裡睡覺吧！」

當舒雅醒來，竟然是躺在旅館床上，身旁的小由睡得正熟，她揉揉眼，意外發現她們的房間正對著日出，望著太陽從海面上升起，她叫醒小由，「你看！你快看，是日出耶！」

欣賞日出跟日落是完全不一樣的心情，日出好像生命正要開始，舒雅喜歡日出，於是，在東清多住了一個晚上。餐廳老闆知道他們打算多住一晚，特地親自下海捕捉活海鮮招待他們。

接下來的時光，他們在每個部落遊走，到教堂裡為七七病房的戰友祈禱，甚至穿上達悟族的服飾拍照，艾力克對著觀景窗說，「你們兩個好像蘭花島上的公主，真美喔！」

「我都不想回去了，說不定還會遇見我的王子。」小由提議。

舒雅笑她，「你不是在家鄉已經遇見一位王子了？」

「你少出賣我。」小由搔著舒雅的癢，兩人笑成一團。

即將離開蘭嶼的晚上，艾力克問她們，「來過納尼亞，你們還有什麼夢想？」

舒雅和小由不約而同都說想要見到自己的媽媽。

艾力克決定把她們的合照放在臉書上，標題是「蘭花島上的公主找媽媽」，希望她們的媽媽看到了，能跟她們見面。

短短一天，上千的人按讚，一起呼籲離家的媽媽趕快回來。

到底，舒雅和小由的夢，誰的最先實現？

9 陽光在樹蔭間跳舞

一趟蘭嶼之行，期待跟媽媽相遇的希望落空，舒雅整顆心彷彿落入海裡，但是，艾力克和小由帶給舒雅的驚喜，卻好像蘭嶼的陽光點點灑落她的心底，逼著黑暗乖乖讓位，她也開始懂得看事情要往光明面去想。

她似乎有些明白，自己四處尋找納尼亞，其實納尼亞這個樂園就在我們心裡，不需要千里跋涉，只要常常保持一顆快樂的心，即使遇到癌症這樣討厭的事情，也可以像住在天堂裡。

當舒雅把自己的想法告訴爸爸的時候，爸爸摸摸她的頭說，「雅雅，你能這樣想，爸爸就放心了。怪不得你剛住院時，有人告訴我，苦難可以讓你提早長大，我還不相信。」

「我不但要長大，而且要變得健康，把癌細胞全部趕走，這樣媽媽就會願意回來。」現在的她不像剛剛罹患骨癌時，東怪西怪都是別人的錯，她慢慢學著體諒別人、體諒媽媽，照顧病人是很累人的，她不怪媽媽因此躲起來。

只是，當舒雅回到自己的家，家裡沒有媽媽等著她，她還是覺得怪怪的，鼻子一陣酸，眼淚差點掉下來。

當她在每個房間繞著、走著、看著，又有一種奇異的感覺，媽媽並沒有真正離開，屋子裡依然飄散著媽媽的味道，揉雜著飯菜、香水、髮膠……。而舒雅踏進自己的房間，她的床單、枕頭，似乎也有媽媽撫觸過的痕跡，好像是媽媽趁她不在家，悄悄把她的房間整理好了。

她拉開窗簾，尋找著對面幾棟大樓的每一扇窗，媽媽是不是躲在其中一扇窗戶後面，打量著她？

她以前很不喜歡媽媽的嚴苛、冷漠，甚至偷偷想過，媽媽最好立刻從她生命中消失，只要爸爸跟她在一起。可是現在，屋子裡那些屬於媽媽的微小印記，卻讓她感到開心。

而且，媽媽的日常用品還留著，是否代表媽媽仍然會回來？

她摸著浴室裡媽媽最愛的那條鬱金香圖案的浴巾，把浴巾靠著臉頰搓揉著，爸爸剛好走進來，意味深長的看了她一眼，心照不宣似的，彼此都沒有提起，爸爸只是說，「我到公司去一趟，很快就回來，你有沒有特別想吃的東西，我去買。」

「我想吃車站附近的蔥油餅，沒有味精的那一家。」她放下浴巾，走出爸媽房間，又說，「爸爸，我這幾天精神很好，你公司的事情如果很忙，晚一點回來沒有關係，不用擔心我。」

因為舒雅心裡另有計畫。

爸爸出門不久，她換上T恤、長褲，繫綁著一條蘭嶼帶回的頭巾，打算到社區附近走走。

雖然化學治療已經告一段落，她身體所受的傷害暫時無法復原，走不多遠，她開始有些氣喘，初夏的陽光，即使到了午後，還是讓舒雅熱得頭發昏。

她在路邊樹蔭下找了一張椅子坐下來，意外發現自己竟然不由自主繞到學校附近，即使因為跟同學鬧得不愉快，舒雅發誓再也不到學校去，但是，心裡還是想念一起升到國中的同學，似乎只要靠近校園，她好像就成了其中的一份子。

剛巧是考試的日子，學校比平時提早放學，舒雅躲避不及，只好悄悄低下頭來，假裝睡覺，等同學們三五成群的走過去。直到確定沒什麼人了，她才站起身，走沒多遠，杜仲宇卻從後面趕上來叫住她。

「舒雅！黃舒雅！」

她回頭看到杜仲宇揹著書包跑過來，吃了一驚，他不是不理她了嗎？自從上回到學校，杜仲宇刻意跟她保持距離之後，已經很久沒有到醫院探望她，也沒有寫信或電話聯絡，彷彿手中鬆脫的氣球，越飛越遠，她還以為自己已經失去這個朋友了。

「我遠遠看就是你，他們還說不是。」杜仲宇沒有提到之前的過節，好像什麼事都沒發生過。「你怎麼會來的？我聽說你前兩個星期到蘭嶼去了，蘭花島上的公主，我在臉書上看到了。」

「那是跳跳球幫我放上去的照片。」

「所以，你跟小由的媽媽都還沒有回家？」杜仲宇見舒雅點點頭，接著說，「雖然我的臉友沒幾個，我也幫你轉貼出去了，說不定她們會看見。我媽媽也說，母女連心，她們一定會回來的，你要有信心。」

「謝謝你。我覺得自己好矛盾，以前很不想見到我媽媽，現在卻會想念她。」

「就是啊！失去過才會懂得珍惜。這也是我媽媽常常說的一句話。」

他們沿著校園外的人行道緩緩走著，杜仲宇分享校園生活，聊著聊著，他們好像又回到從前，一起用功、一起考試、一起迎接未來。

杜仲宇說他還是不喜歡數學，比較喜歡國文和英文，尤其討厭考不完的試。

「唉！只要讓我回學校上課，就是天天考試也沒有關係，只是，我不可能再跟你同班了。」

「你不要這麼消極，不管是慢一年、慢兩年，我們都是同學，如果你真的很在意，我就把國一再念一遍怎麼樣？」

「你神經啦！別人還真的以為你喜歡我。」話剛說完，舒雅的臉一陣紅，彷彿說穿彼此間的心事。

「我們本來就是好朋友。」杜仲宇一本正經的說，「難道你不承認嗎？」

突然一陣風吹過，他們頭頂的欒樹隨風飄蕩，陽光在樹蔭間穿梭來去，舒雅岔開話題說，「你看，陽光在樹蔭間跳舞。」她也跟著轉動身軀。

「喂！你連說話都像寫作文，如果你跟我同班，我的作文絕對拿不到最高分。」

他們倆彷彿跟風比賽，嬉笑著追逐一棵又一棵樹蔭下的陽光，地上的影子忽明忽暗，好像兩軍對陣，誰也不讓誰。

杜仲宇歪著頭想了想說，「我媽媽說過，每一個場景都是上帝在對我們說話，那麼，陽光在樹蔭間跳舞的畫面，是不是說，每個人的人生都可能有

明有暗，黑暗不可能永遠霸占著不走。」

舒雅聽著杜仲宇的話，心神轉動著，邊凝神望著晃動的樹影，如果沒有樹，是不是就不會有陰影？可是，如果都是陽光的天下，又怎麼顯得出明亮與黑暗的不同，她想著望著，不禁看呆了。

杜仲宇跳到舒雅面前，擋住她的視線說，「走吧！你的身體還沒有恢復，晒太久太陽會中暑的。天氣這麼熱，我請你吃芒果冰，附近新開的。」

眼尖的舒雅看到冰店旁提款機螢幕上出現了小文，她正在鼓勵大家要珍惜生命，「我好想活下去，卻不知道還有多少時間？請你們替我們活下去。」

她從未這麼近距離望著小文的臉龐，小文笑起來，兩眼好像一對可愛的蝌蚪，可是，舒雅的心頭卻好悶好悶，她指指螢幕，「你看，這是小文姊姊和小由姊姊她們拍攝的公益廣告，我們在蘭嶼時，還碰到一個餐廳老闆，他的哥哥就是看到這個影片，決定戒酒了。」

「小文姊姊看起來一點也不像生了重病。」杜仲宇邊吃邊說。

「她是不像，我相信她一定可以活好久好久。」話是這麼說，舒雅的心卻飄過一朵烏雲，雖然吃著甜甜的芒果冰，嘴裡卻是苦的，好像有個聲音催促她打電話給小文。

手機很快就通了，小文不在家裡，正跟媽媽一起在醫院等報告，「只要檢查結果正常，我就要跟小薔去日本迪士尼。」小文說，聲音卻透著疲憊。

舒雅連忙跟杜仲宇分手，趕去醫院，在七七病房的交誼廳找到小文，未料，卻看到小文和媽媽抱在一起，哭得好傷心。到底怎麼回事？向來勇敢的小文很少哭泣，莫非是檢查結果很不理想？

聽著小文媽媽和護理長藍藍阿姨的交談，才知道小文排尿時帶血，因為癌細胞轉移到腎臟了，要割除腎臟、換腎、標靶治療……還是？不管是哪一種治療方式，都讓人難以承受。

「我快受不了了，以為已經好了。」小文媽媽啜泣著。

舒雅拉拉小文的手，把面紙遞給她，不曉得如何說安慰的話，只能望著小文，然後流下淚來。

「舒雅，不要哭，我沒事、我沒事。」小文快速擦乾眼淚，「我只是不喜歡失約。」原來小文跟小薔約好要去日本迪士尼，上次是小文白血球過低，突然發高燒，只好臨時取消。這是第二次計畫泡湯。

因為小文排尿不斷出血，醫生決定立刻手術切除腎臟，事出突然，雖然有些措手不及，小文卻自我安慰，「我已經是老鳥了，我不怕。」

為了彌補小文無法去迪士尼樂園的遺憾，在等待小文手術的過程中，小文媽媽、大鳥、艾力克籌畫幫小文舉辦生日派對，邀請小文的好朋友參加。雖然小文的生日早就過了，但對大家來說，每次手術成功就是一次新生。

小文的手術經驗雖然豐富，可是，每多開一次刀，她的身體就多受一次折磨，變成一隻蒼白的小文鳥，小文鳥只要吃小米、青菜和清水就可以活得很健康，可是，小文卻顯得有氣無力。

然而，小文清醒後聽說即將舉行她的生日派對，心裡想的還是別人，她跟媽媽說，「要邀請小蕾，過幾天剛好是她的生日，我要幫她慶祝。」

小蕾也是骨癌患者，從小被父親訓練成為網球好手，就在她參加青少年組的網球比賽時跌倒，腿痛不已，輾轉換了幾個醫生，才診斷出她罹患骨癌，因為情況緊急，必須立刻截肢。但是，小蕾捨不得自己的腿，她希望有一天還是可以站上網球場。

為此，小蕾接受了高劑量的化學藥物，她為了保住自己的腿，住院時痛得哇哇大叫，贏得「驚聲尖叫女」綽號的她，一改常態，努力配合，不吵不鬧，度過將近百日的化療。小文就是在住院時，跟小蕾一起過年，培養了革命情感，成為她的好姊妹之一。

好景不常，小薔還是無法逃過癌細胞的肆虐，她的左腿再度發現腫瘤，只好認命的接受截肢手術，小薔媽媽哭得好傷心，她爸爸更是難過的躲到山上去不見任何人，反倒是小薔變得堅強，她安慰爸媽，「我還有四分之三的身體，我一定可以再回到球場上。」

許多癌童就是在一個又一個的勇敢故事中找到支持的力量，舒雅也是如此。

舒雅早就聽說小文住在山上小屋中，風景十分美麗，徵得小文媽媽同意後，她提前上山，來到小文家。

當她趴在窗口跟開車送她來的爸爸揮手說再見，她才發現，窗口邊是一塊墊高的日式坐榻，好特別的設計。

小文解釋說，「因為我很喜歡站在窗邊等爸爸媽媽回家，爸爸看我每次都要搬小板凳太辛苦，就找人製作這個木榻。」

「以後就要換成你媽媽站在窗口等你放學回家了。」舒雅幻想著媽媽這樣等待她的畫面，多麼溫馨。

「我也是跟我媽這樣說的。有人等你回家的感覺真的很棒。來！我帶你到我房間，可以看到山上的樹，好像納尼亞的樹。」

當小文跟舒雅愈來愈熟稔之後，說的話也多了，原來小文不是省話一姊，而是她不喜歡跟不熟的人說話。

經過走道時，舒雅看到牆上掛著一幅拼圖，是各種品牌不同圖案的飲料罐，「哇！大概有兩千片吧！你怎麼拼成的？」

「我抵抗力弱，不能出門，我就拼圖。」她聳聳肩，「好像很快就拼好了。」

「這麼多罐頭，如果每一種都能喝過，一定很有意思。」舒雅說。

小文卻意有所指，「它很像七七病房的我們，每個人有自己的人生。我是可樂，可以帶給別人快樂。」

那麼，舒雅是哪一罐飲料呢？貴氣的葡萄汁或是多彩多姿的蔬果汁？

小文的臥室望出去果然是一排排連綿的樹，正在跟陽光捉迷藏，「我只要回家，就會在這個窗口閱讀納尼亞，如果有一天我要到納尼亞，離家也不會太遠，我媽媽想念我時，只要站在這裡，就可以呼喚我。」

雖然納尼亞好像天堂樂園，舒雅還是不喜歡聽到小文這麼說，她連忙轉移話題，「你的傷口都癒合了嗎？你每次洗澡，會不會害怕看到這些傷疤？」

小文稍稍掀起T恤下襬，展示她的傷疤，加上原先肺臟的、大腿的，已有六道長短疤痕，她輕描淡寫說，「這好像畢卡索的畫。這一劃那一劃，每一劃都是驚天動地。」

小文只比舒雅大三歲，卻好像相差了許多年，杜仲宇說舒雅的作文很棒，舒雅卻覺得小文更像一位哲學家，每句話都很有深度。

愛講笑話的大鳥、經常搞笑的艾力克陸續來到，小文家裡即刻翻轉為另一種歡樂氣氛，賓客裡有許多舒雅不認識的人，但是都跟七七病房有關連：社工師、護理師、醫師，最多的是癌友及家屬。

小薔也跟爸爸媽媽一起到場，這是舒雅頭一回見到小薔，她臉色有些蒼白，可能離開球場太久，加上身體虛弱。她穿了一身的粉紅，粉紅上衣、粉紅七分褲、粉紅頭巾，但她不是凱蒂貓，她有一張嘴，唱的《姊妹》這首歌好動聽，大家也跟著應和「你是我的姊妹，珍愛這份感覺……。」

接著小薔發表生日感言，謝謝大家送給她的生日禮物——就是陪她到動物園看了貓熊，「有人推著點滴架，有人推著輪椅，有人撐著傘……，浩浩蕩蕩，只是為了我的一個小小願望，我真的好愛好愛你們，也捨不得你們……」

小薔忍不住哭了，小文過去抱抱她，大家也都過去抱抱她，當場的每一位癌童，又有誰捨得離去？可是，命運之鑰卻不在他們的手上。

當小文媽媽端出生日蛋糕，大家各自擺出姿勢，準備合照時，門鈴響了，出現在門外的是遲到的小由，「我還以為你不來了。」舒雅衝到大門口迎接她。意外發現小由身邊還有一個人，她沒有看過的阿姨，難道她是……她是……

這回輪到舒雅驚聲尖叫，她回頭跟小文、艾力克說，「小由——小由的媽媽來了。」小由終於等到她的媽媽回家了。

又哭又笑的生日派對，就如同他們與「癌」共舞的日子，高潮迭起、悲喜與共，當大家興高采烈唱著生日歌時，舒雅望向已經黑暗的夜空，不禁自問，她的媽媽何時現身呢？

10 她的溫柔你看得見

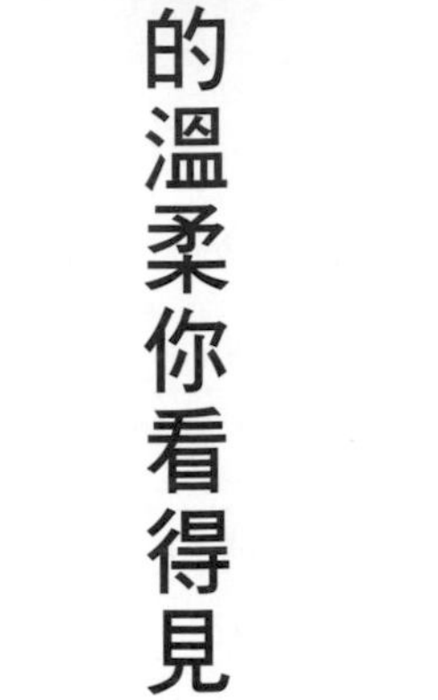

雖然剛剛認識小薔，舒雅卻覺得她好可愛，如果早點認識她，她倆就可以做好朋友。小文卻猛搖頭說，「那可不一定，剛住院的你那麼酷，之前的小薔脾氣那麼火爆！冰山撞到火山，會發生什麼事？」

「我真的很酷嗎？」舒雅很好奇她在別人眼裡是個什麼樣的女生。

小文點點頭，「我都不敢跟你說話，還是小由厲害，想到剃光頭的高招，才讓你笑出來。」對健康的人來說，十四個月眨眼就過去了，舒雅卻好像度日如年，若不是有七七病房這些好朋友，舒雅可能現在還泡在淚水裡。

難得小薔對舒雅的印象也很好，小薔爸媽特別約了小文、小由和舒雅到他們下榻的五星級飯店喝下午茶。舒雅好興奮，很久沒有參加這樣正式的場合，很慎重的裝扮自己，米色底紫色小花娃娃裙配紫色內搭褲，但是因為頭髮還是很短，像個小男生，她戴了頂奶油色小帽赴約。

小薔爸媽跟小文媽媽、舒雅爸爸坐在另一桌，讓她們幾個小女生可以說悄悄話，當小薔她們擠在一塊兒玩手機上的遊戲時，舒雅不時偷瞄著小薔爸媽，他們看起來好體面，一點看不出來小薔爸爸曾經被小薔突如其來的癌症嚇得逃之夭夭，還是小薔媽媽最偉大，一直堅持到底，陪伴小薔。

誰知道，舒雅卻聽到小薔媽媽說，「小薔決定鋸掉腿時，我根本受不了，又不願意嚇到小薔，只好一個人跑到醫院附近去喝咖啡，緩和自己的壓力。」

小文媽媽握握小薔媽媽的手，點點頭說，「我們都是這樣走過來的。」

「是啊！我現在已經比較可以面對了，我們要好好珍惜現在。」小薔媽媽說，不由回看舒雅他們。

舒雅連忙收回視線，小薔溫柔的說，「舒雅，你還想吃什麼點心？這裡的提拉米蘇、起士蛋糕、草莓冰淇淋都很好吃。」

「你都不忌口嗎？你爸媽不會規定你可以吃的東西嗎？」

「不用啊！人生這麼短暫，想吃什麼就吃什麼。」小薔甜甜一笑。

舒雅望著一身粉紅色的小薔，彷彿公主一般，羨慕的說，「你爸你媽都對你好好，不像我……」

「不用擔心的，你看小由現在跟媽媽重逢了多快樂，上帝一定有祂美好的安排。」小薔安慰她。

「你都不……害怕癌症嗎？」舒雅小心翼翼的問，看到小薔溫柔的笑容，真的很難想像之前她驚聲尖叫的模樣。

「怎麼可能不怕？可是我再怕，癌細胞還是會賴在我身上不走，我要用喜樂打敗它。萬一我真的打不過它，我希望留給爸媽好印象，不要只是記得我亂喊亂叫的模樣。」

小薔擔心自己時日不多，希望在有限的日子裡，讓爸媽記得她的美、她的溫柔，因為心境的轉變，讓她學會用喜樂的心面對每一次癌細胞的侵襲。小薔的家庭因為癌症風暴，反而變得更團結，偶爾的眼淚，彷彿滋潤他們生命的露水。

因為喝了太多柳橙汁，舒雅忍不住多跑了一趟洗手間，在廁間裡，卻聽到門外出現熟悉的聲音，是小文媽媽和小薔媽媽，更意外的，傳來的是小薔媽媽的啜泣聲，她邊說，「我怕死了，醫生說小薔的情況不樂觀，她會不會離開我？」

小文媽媽安慰她說，「不會的，老天不會這麼殘忍的，她會給你很多很多個星期，很多很多個月……」

小蕾媽媽卻愈哭愈大聲，小文媽媽不斷說，「想哭就哭吧！」

舒雅彷彿有些明白，父母的堅強是因為不希望孩子們難過，孩子們的堅強是不願意讓父母擔心，親子之間的愛，用不同的方式表現出來。

她的媽媽是否也這樣躲在角落哭泣，擔心憂慮著舒雅的生命能活多久？與其看著自己的女兒漸漸消逝，不如假裝女兒好好的活著。是這樣嗎？

直到小蕾媽媽和小文媽媽離開洗手間後，舒雅才推開門走出來，她好想告訴小蕾媽媽，那麼漂亮那麼溫柔的小蕾，應該會活得長長久久。

原本預計在台北多停留幾天的小蕾，來不及回到南部的家，高燒緊急住院。好不容易燒退了，從加護病房轉入兒癌病房，卻突然大吐血，病情急轉直下，時而昏迷、時而清醒。

舒雅跟小文一起趕到醫院時，小文媽媽拍拍她們的肩膀，要她們進病房跟小薔說說話，「小薔可能快要走了。」小文難過得立刻哭了出來。只見小薔的床單沾到不少紅色血跡，令人觸目驚心，罩著氧氣的她閉著雙眼，臉色比牆壁還要白，跟那天碰面時簡直是天壤之別。

小文擦掉眼角的淚水，走過去抱住小薔的頭，輕輕撫摸她的臉頰，小薔虛弱的說，「我好怕一個人走。」

小文貼在她的耳邊輕聲說，「我會去納尼亞找你的。」

小文身上沾著小薔的血，恍惚間，舒雅腦海浮現小學飼養小文鳥的畫面，被貓抓傷的小文鳥，身上流著血，躺在鳥籠裡不停抖動。

舒雅揮不去這樣的畫面，明明是小薔吐血，怎麼會看到小文流血呢？她嚇得躲到窗邊，窗外的朗朗晴空，忽然飄過一大片烏雲，整扇窗變得好暗沉，好像外星人要登陸地球，帶走小薔。小薔掙扎著不願意離開，彷彿那盛開的鮮紅玫瑰，花瓣一片片凋落，她正用僅餘的生命，畫下最後一幅畫。

舒雅不斷發抖，這是她頭一回那麼直接的面對死亡，小薔似乎隨時會離開她們，現在、今晚、或許明天，奇蹟似乎不太可能出現。天堂裡有貓熊嗎？納尼亞有貓熊嗎？如果是會說話的貓熊，小薔就不會寂寞了。

舒雅想要逃避病房裡的死亡氣氛，她沒有把握自己是否能夠冷靜面對，悄悄走出來，沿路不斷聽到七七病房的護理阿姨、病童家長稱讚小薔，說她是七七病房最可愛最溫柔的女孩。

如果小薔沒有生病，她的個性會改變嗎？她的母親寧願小薔是個愛發脾氣的小魔女，活得久久，還是脾氣溫柔的小天使，卻活得短暫？

舒雅曾經看過選美比賽轉播，當時她就問自己，想要得到后冠做最美的女孩，還是，所有的人都喜歡她，得到最佳人緣獎？當時她沒有答案，現在她似乎有些明白。

她走出電梯，卻在醫院大廳遇見杜仲宇，神色有些慌張，她連忙叫住了他。「杜仲宇，你怎麼會來醫院？」他小聲說，「張敏敏自殺了！」

「自殺？」舒雅以為自己聽錯了，重複一遍，「是她爸媽要離婚，她以死來抗議嗎？」她眼前出現張敏敏趾高氣昂說話的模樣，爭強好勝的她，有什麼是過不去的關卡？

杜仲宇搖搖頭，嘆了一口氣說，「她喜歡學長，學長卻把她寫的信貼在臉書上。糟的是，學長還在臉書上嘲笑她是一隻毛沒長全的醜小鴨，配不上他這隻要展翅高飛的鷹。結果，她就偷偷服用她媽媽的安眠藥……」

「太誇張了，她幹麼為這種沒水準的學長自殺？」舒雅氣得跺腳，小蕾那麼想活，張敏敏卻如此輕看生命。「她，還好吧？」

「我是接到小學導師彭老師的電話才知道的，好像已經清醒了，她一直說想要見到我……，你……要不要一起去？」杜仲宇似乎擔心舒雅會介意，吞吞吐吐說。

「你快去吧！我就不去了，剛剛一個病友病危，我心情很沉重，想要回家。」

愛情難懂，生死更難懂。她不懂的人生課題實在太多了。

回到家不久，舒雅接到爸爸電話，要她立刻下樓，打算帶她去一個地方。經過小薔和張敏敏的雙重衝擊，她累得只想睡覺，「爸，很重要嗎？」

「當然重要，這是你一直期盼的啊！」爸爸賣著關子。

難道是媽媽有消息了？舒雅精神一振，即刻翻身坐起，揹上小包包下樓。

爸爸開車轉了幾個彎，把車開進一棟新建大廈的地下停車場，舒雅忍不住問，「媽媽在樓上等我們嗎？」

爸爸笑而不答，舒雅興奮的心跳加速，好奇怪啊！見自己的媽媽為什麼會緊張？搭電梯到了十二樓，也就是大廈的頂樓，爸爸用鑰匙開門領舒雅進去，「你看，這是爸爸新買的房子，原來的屋主急著移民國外，賣得比較便宜。你跟我來，室內的樓梯可以通往樓上的屋頂花園。」

跟爸爸一起站在屋頂花園的樹蔭下，舒雅可以清楚望見遠山，深深呼吸幾次，好像醫院裡鬱悶的氣息也吐了出去。

「雖然不在郊區，卻有郊區的優點，清晨還會有很多小鳥到花園裡覓食。同時又有電梯，你上上下下不會太吃力。」

爸爸買在原先的住家附近，是不是因為媽媽不喜歡搬到郊區？

舒雅數著十二樓的房間，爸媽的臥室、舒雅的臥室、書房，還有一個空房間，要做什麼呢？給爺爺奶奶當客房？難道是他們要搬來一起住嗎？

舒雅站在客廳的落地窗前，背對著爸爸說，「下個月我要回醫院追蹤檢查，如果檢查正常，媽媽是不是會回來？」

「應該吧！」爸爸的語氣不是很肯定，轉個彎說，「等爸爸裝修好，你可以請小文、小由過來辦派對，爸爸幫你訂了一張大床，你們三個可以擠在床上看納尼亞、打電腦、玩遊戲……」

舒雅轉過身來，抱住爸爸，說，「謝謝你，爸爸。」眼淚卻不由流下來，她是否還可以這樣抱爸爸三年、五年、十年……，一直抱下去？而小薔，她是否再也抱不到她的爸爸媽媽了？

兩天後的半夜，小薔停止呼吸，到天上做小天使去了，舒雅托著腮望著電腦桌面上她跟小薔、小文、小由的合照，小薔笑得如此燦爛，卻是她留給舒雅的最後一個笑容。從此天上人間，相隔得如此遙遠，她說不出心裡的感覺是酸澀還是悲痛？

當舒雅回診的項目完全正常時，她興奮的打電話給小文，跟她分享這個好消息，小文也替她高興，「我剛好要找你，你記得我們的床邊老師葉老師嗎？他邀請我們去聽維也納少年合唱團演唱。我想，快開學了，你和小由都要到學校上課，比較不容易見面，就一起去聽好不好？」

「好啊好啊！小由太拼了，暑假還去補習班上課，把她邀出來正好。」

約好在中正紀念堂音樂廳見面，小由卻撥手機來說她要參加模擬考，只好爽約了。舒雅氣呼呼的走上台階，一眼看到葉老師和小文，她揮手正要喊小文的名字時，她整個人愣住了，小文……怎麼拄著枴杖？

小文卻神態自若一跛一跛的走向她，「怎麼？不認識我了？」

「你的腿……？」也不過半個多月不見，她竟然不知道小文的腿出了狀況，她太不夠朋友了。

小文輕描淡寫說，「不要大驚小怪，只不過是癌細胞轉移到右腿，走路有些痛。」

「你怎麼沒去醫院做標靶治療？不是有一種新藥？」

小文搖搖頭，「我還能忍受，真的很痛很痛再說吧！我們今天是聽音樂會，不談這個了！」小文雖然說醫院好像觀光大飯店，住院就像出國旅行，可是，如果要她選擇，她寧願跟爸媽一起住在家裡，過著沒有藥水味的正常生活吧！

舒雅轉過臉跟葉老師打招呼，「謝謝你，葉老師，我很早就想聽維也納合唱團了。你不是去台東教原住民小朋友嗎？」

「醫院裡的輔導老師不夠，所以我回來支援。」

葉老師是小文、舒雅他們很喜歡的床邊老師，當她們因為癌症必須長期住院時，葉老師就會到醫院指導他們的國文和作文，藉著遊戲增加學習樂趣，還鼓勵她們寫下自己的心情，讓她們不曾間斷學習。後來因為葉老師不忍心見到他教過的小朋友一個個離開世界，所以，他躲到台東山區裡面，希望轉換心情。

看樣子，他還是無法割捨兒癌病房的孩子，就像他曾經回答記者的詢問，「雖然這些孩子可能不久人世，但是他們依然有受教育的權利，況且，誰可以決定一個人的生命長短呢？」

「謝謝你。」舒雅替自己也替其他的癌症戰友表達內心的感謝。也因為生病，讓她發現這個社會的很多角落，都有一群群默默付出愛心的人。

他們坐在中間的絕佳位置，可以清楚看到每位團員的表情，第一首合唱曲唱完，第二首剛開始不久，突然有一位團員的身體不停搖晃，沒多久，他就暈倒在台上。可是，說也奇怪，後台老師很快的把暈倒的團員抱走，其他團員全都不動聲色，繼續演唱，絲毫沒有影響他們的演出。

葉老師低聲說，「可能是水土不服，舟車勞頓的緣故。」

舒雅和小文互換了一個眼神，握住對方的手，彼此心照不宣，無論環境多麼惡劣，病情如何變化，她們都要勇敢面對。就像舒雅堅持暑假過後念國中，不再傷腦筋擔心自己會不會發病，她就是想要做國中生，不管是一個月、兩個月……都好。

開學後，雖然舒雅忙著國中的課業，但是她的心裡依然記掛著小文，跟她保持密切聯絡，甚至彼此相約參加艾力克的新片首映會。

當舒雅放學回家換下制服，正要去浴室洗澡時，卻接到小文媽媽的電話，「舒雅，你可能要自己去首映會了。」

「小文怎麼了？」舒雅身上一陣抽冷。

「她昨天晚上痛得無法睡覺，半夜掛了急診，醫生考慮要注射嗎啡止痛。」嗎啡止痛？那是小文最不希望發生的，因為雖然止了痛，卻會讓她不斷昏睡，如同當初小葦哥哥那樣，神智無法集中，思考也變得斷斷續續。

小文願意注射嗎啡，那表示她真的痛得受不了了。舒雅好像心電感應，心頭一陣抽痛，她決定放棄首映會，去醫院陪伴小文。

路上，她記起自己跟小文躲在儲藏室裡，想去納尼亞找小葦哥哥的事情，結果她們很快就被護理長找到了。為什麼醫生卻無法找到小文身上的癌細胞，在捉迷藏的遊戲中，敗下陣來，這些癌細胞實在太惹人厭了。

可是，當舒雅趕到醫院時，病房裡卻有好幾位小文的親戚，面有難色的跟大鳥爭論著，因為痛得連下床都很困難的小文，卻堅持參加大鳥他們舉辦的義演，為貧困的癌童籌募基金。

所有人都擔心小文的體力，小文媽媽卻獨排眾議說，「讓她去做她覺得快樂的事情吧，就像平常一樣。」

小文演奏大提琴、小由吹直笛，卻少小葦哥哥的彩虹三重奏要由誰遞補呢？小文幽幽地說，「舒雅，聽說你唱歌很好聽。」

舒雅嚇得連忙揮手，「不行，我不行，我不行。」

11 小天使會不會太多

小文抱病參加為兒癌病童募集基金的義演消息登上報紙後，記者紛紛來訪問她，問她身體如此虛弱，隨時可能倒下來，怎麼會答應演出？

小文一貫的淡淡笑容說，「他們有需要，我就去幫忙，至少我現在還沒有倒下來。」

熟悉她的人都了解，這是小文一貫的想法，哪裡需要她，她就去哪裡，她即使是住院治療期間，也常常去其他病房為大家打氣，舒雅就曾受到她的照顧，感受更是深刻。

舒雅起初也不明白，虛弱得連下床都需要攙扶的小文，站也站不穩，哪裡來的力量？因為病重的癌童，擔心感染，或是劇烈疼痛，大都躲在病房裡，不願意跟人接觸，小文卻全然不顧自己安危。換作是舒雅，她也會躲起來不見人。

小由很有耐心的跟舒雅解釋，「你跟小文都投保了防癌險，爸媽也有工作收入，可以購買昂貴的藥物。有些癌童家裡很窮，無法使用健保沒有補助的藥物，白白錯失治療的機會。而且，為了照顧癌童，許多爸媽必須放下工作，沒有人賺錢，怎麼繼續治病？你忘了小如的故事了嗎？」

經此提醒，舒雅這才想起來，小如來自東部鄉下，醫生診斷後，認為她治癒的機會極大，可是，她的父母評估手術、化療要花許多錢，擔心全家為了治療她陷入困境，只好把她帶回家，吃草藥、到廟裡求符咒，不到一年，她就離開世界，讓許多人扼腕。

比起那些癌童，舒雅爸媽至少會想盡辦法治療她，提供給她養病的舒適環境。她的確應該跟小文、小由攜手合作，幫癌童募款。

可是，當爸爸問舒雅，「義演快到了，要不要跟小文她們一起練習，爸爸可以送你去。」

舒雅卻搖搖頭，她實在沒這個勇氣，她希望自己在人前的表現都是完美的，她不想出糗，更不希望讓自己的殘缺或疾病成為注目的焦點，除非……除非她完全痊癒。

小文不喜歡強迫舒雅，尊重她的決定，小由卻不一樣，打手機來罵她，「你知不知道我們這樣做可以幫助多少人？只不過唱一首歌，你怎麼這麼自私？」

「我就是自私怎麼樣！」舒雅甩掉手機，哭得很凶，覺得自己真的很自私，可是，她就是沒辦法，即使上了台，她一定唱不出來。

掙扎了很多天，當舒雅聽小由說起小文的狀況愈來愈糟糕，曾經暈倒一次，還吐血過，仍然努力練習，她的心就一陣陣抽痛。

舒雅放學時，特地轉到醫院去，進入兒癌病房，她站在交誼廳的窗外，悄悄望著坐著練習大提琴的小文，她的臉如此蒼白，可是，卻散發一種寧靜安詳，讓人看了心情就會穩定下來。怪不得有人說小文即使病得如此嚴重，卻依然美麗。

到底什麼是美？人們砸大錢追求的外在美，就是真正的美嗎？

舒雅跟著音樂小聲哼著這首《恩典之路》，「一步又一步，這是盼望之路，你愛你手牽引我走這人生路。」

護理長藍藍阿姨剛好經過，拍了拍舒雅，「怎麼不進去看小文呢？」

舒雅搖著頭，將食指擱在嘴脣上，暗示她不要驚動小文，一邊急著閃開，藍藍阿姨卻把她帶到休息室，關心的問她，「你到底怕什麼呢？怕唱得不好？只要你是用真心演出，那就是最美的一首歌。」

舒雅忍不住哭出來，「我不行，我真的不行，我沒有辦法像小文那樣勇敢！」

藍藍阿姨握著她的手，「那就不要勉強。可是，你還是可以到場為她們加油的，小文、小由一定很希望看到你。」

義演當天，舒雅坐在台下，望著小文拉著琴，雖然因為體力關係，有幾個音不穩，她的表情卻是愉悅的，偶爾皺一下眉，可能是身體某個被癌細胞侵犯的部位又在抽痛了，但是她還是專心拉著琴，每一個音符在音樂廳繚繞，撞擊著每位觀眾的心。

舒雅聯想到王爾德筆下的夜鶯，當玫瑰的刺刺入牠的身體，牠仍然不斷唱歌，用牠的鮮血澆灌玫瑰，於是，玫瑰愈開愈美，牠一直吟唱到生命的最後一刻，成就了玫瑰的美麗。她覺得小文就是那隻夜鶯，忍著痛讓許多癌童因為募集的基金，可以得到即時的治療，生命得以延續下去。

舒雅的胃不斷抽搐，胸口好沉重，用力吸氣，想要壓抑翻滾的情緒，還是忍不住哭了。

這場與癌的抗爭之中，她看到太多美麗的人性，開出一朵朵美麗的花。

就像她進場前，在洗手間旁邊看到罹患血癌的小亮正皺眉頭喝著難以下嚥的中藥，她問小亮，「這些草藥那麼難喝，你怎麼喝得下去？」小亮回答她，「爸媽為我到處找偏方，我不喝，他們會傷心，我喝了，他們就會安心。」小亮已經喝過太多種的草藥，明知可能又是無效，他卻一瓶瓶喝下去，只為了讓爸媽的愛得以完全。小亮的孝順與體諒，他的爸媽是否知道？

舒雅哭得無法自己，四圍的人也都在吸鼻子、啜泣，這一場用生命演出的音樂會，感動在場許多人。

演奏完，小文在掌聲中被攙扶到後台，記者正要採訪她，她臉色一暗，胸口一陣急咳，吐了好幾口鮮血後暈倒在小由懷裡。

這麼一折騰，義演結束後，小文元氣大傷，加上她的癌細胞轉移腿、脊椎、肺、腦部……等好幾處，醫生跟她爸媽討論後，放棄放射線治療，而用嗎啡止痛。小文變得更虛弱，而且時醒時睡的，所以她也不再見客。

舒雅想到已經離開的小葦哥哥，她好擔心隨時會失去小文。可是，心裡又帶著一分希望，奇蹟出現，小文突然痊癒了。

果然，跨年前兩天，小文精神特別好，打電話約大鳥、小由、舒雅他們一起看跨年煙火。

小由要準備元旦假期後的考試，不能到醫院來，舒雅十分生氣，對著手機說，「考試永遠考不完，你還能陪小文幾次？」說不定是最後一次看煙火。她不敢說出來，大家都忌諱吧！怕說了就會應驗，如果不說，就可能逃過一劫。

若是以前，舒雅也會選擇留在家裡讀書，只為了贏得好成績。而現在，她去學校，單純的是因為她喜歡上學，只要能到學校，考試成績高低，她都不像過去那麼在意了。

別人曾經問小文，這樣斷斷續續的上學，怎麼升級？怎麼畢業？小文媽媽回答的很直接，「我現在只想努力讓孩子活下來，上學有那麼重要嗎？」

小文也說，「我在醫院裡學的更多。」

的確，生死這場大戲，若不是實際經歷過，他們怎麼知道生命中的順位是什麼？對他們來說，只要有一點機會享受快樂，他們就緊緊把握住，小文媽媽就常常利用治療空檔，帶小文去旅行。正如同舒雅爸爸搬新家，讓舒雅住得更舒適一樣。

小聖也是。當他病危時，社工阿姨買了他喜歡的蚵仔煎給他吃，他爸爸氣得大罵，「不是塑化劑就是毒澱粉，你們要害死我兒子嗎？」他媽媽卻說，「兒子喜歡，就讓他吃吧！生病之後，他吃了太多自己不喜歡吃的東西。」

舒雅一直記得小聖那天的笑容，陰鬱的面孔彷彿被抹上燦爛的金色，他望著整間病房跟他一起吃蚵仔煎的人，雖然他沒吃幾口，卻笑得好開心，也說了好多話。三天後，小聖離開世界時，臉上還留著滿足的笑容。

大鳥本來訂妥101大樓附近的大飯店看跨年煙火，但是，小文太虛弱了，必須仰賴機器提供氧氣、注射點滴和嗎啡止痛，加上又是寒流過境，擔心突然發生緊急狀況無法處理，所以，醫生不允許她離開醫院。

大夥冒著十度以下的低溫到小文病房集合，冷清多日的病房裡，霎時熱鬧起來。

小文穿著大鳥送的黃藍小花睡衣，繫著艾力克送的小文鳥圖案頭巾，這是她最愛的裝扮。她曾經說過，「我走的時候，不要幫我換新衣服，我喜歡穿這樣。」看到她這麼裝扮，舒雅鼻頭一酸，好像小文已經做好準備，隨時會離開。

小文難得清醒，正在喝她媽媽燉的香菇雞湯，吃著大鳥帶來的銅鑼燒，舒雅嘟著嘴跟小文說，「小由姊姊說她要考試，等考完試才能來，她好過分喔！連穿過雪隧都不願意。」

「沒關係，你來就好了。」小文喘著氣，慢慢說。然後，關心的問她，「你吃過了嗎？我特准你喝我媽媽的雞湯。」

舒雅知道，那是小文的最愛，她曾經摟著她媽媽的脖子說，「如果天堂裡沒有好喝的香菇雞湯，我就跟上帝說，我不去了。」

大夥吃著大鳥準備的宵夜、欣賞跨年晚會的節目，小文有點支撐不住，不停打瞌睡，半睜著眼交代，「萬一我睡著，一定要叫醒我。」

十二點一到，開始施放煙火，大家紛紛擠到窗前，這才發現被醫院附近的建築物擋住了，他們只能看到煙火的頂端，舒雅跳起來，才勉強看到一點火光，這些煙火不正像他們，努力的要讓自己探出頭來，可以呼吸，可以活下去。

小文興奮的要大家幫忙她轉動床鋪，把床挪到窗前，追逐

煙火的蹤跡，不時掉頭去看正在轉播的電視。當她發現電視鏡頭可以看到更完整的煙火，又要大家把床轉回來，邊張大眼睛不停呼叫，「好漂亮、好美喔！我好滿足，謝謝你們陪我看煙火……」小文因著煙火，也隨之發光發亮起來。

舒雅望著小文燦爛的面容，覺得奇蹟即將叩門。因為每次經歷凶險，小文都一關關逃過。她的主治醫生也說，「小文的生命力太強，同樣病情，如果換了別人，一年都熬不過，她卻挺過一年又一年。」

小文一定可以等到奇蹟，舒雅在心裡默默祈禱著。

看煙火、聽歌手唱歌，小文又叫又拍手的，累得閉上眼，說她想要睡覺。

就在這時，艾力克出現在某個跨年晚會的舞台上唱歌，大概是天氣太冷，或是匆忙搭飛機趕回來沒有彩排，他唱得荒腔走板，但是大家的掌聲還是很熱烈。

小文猛然張開眼睛說，「他還是演電影比較好。」

大夥笑成一團，「小文，你說的太直接了吧！還好艾力克不在。」

「他在，我也是這麼說。」這就是小文，不喜歡虛情假意。

晚會主持人慫恿艾力克來段街舞，艾力克拒絕了，他說，「我要為我喜歡的女孩跳。」

艾力克之前曾經答應小文，跨年晚會唱完歌會趕到醫院，左等又等，卻不見人影。打電話給他，是經紀人接的，她告訴小文媽媽，艾力克要直接趕回大陸拍戲，不會到醫院了。

大鳥連忙安慰小文說，「艾力克不會爽約的，他一定會來的，可能是路上有些塞車，晚一點到。」

從晚會現場到醫院，不到半小時車程，即使塞車，也早該到了，小文依然面帶笑容說，「沒關係，他很忙，我不會怪他。」聽不出一點失落或沮喪。沒多久，小文發出輕微的鼾聲，睡著了。

已經夜裡一點多，寒流愈來愈冷，電視台的跨年晚會逐一結束，小文媽媽勸大家早點回家，不要累到凍壞了。

大鳥他們說了再見，舒雅卻不肯離開，心底懷著一絲絲希望，艾力克會突然出現。艾力克為了拍電影，已經好久沒來探望小文，這很可能是他最後一次看到小文，他一定會排除萬難趕來。難道是他害怕，不敢來看日益削瘦的小文，寧願保留美好印象？

舒雅裹著羽絨衣，縮在陪病床上守候，不知不覺也睡著了。

不曉得睡了多久，舒雅突然驚醒過來，隱約聽到說話聲，瞇著惺忪的睡眼，她竟然看到艾力克正在幫小文洗頭，他的大手搓出許多泡沫，輕輕的在小文頭髮上畫圈圈，動作好溫柔，小文也笑得很開心。

小文說過她最喜歡艾力克幫她洗頭，「他的手好大好溫暖，好像被他洗過頭，頭髮立刻會長成小叢林。」

上帝一定是聽到小文的心願，所以差派艾力克這位天使趕過來，幫她完成可能是生命中的最後一次洗頭。

舒雅靜靜的看著，酸澀的眼睛不停冒出淚水，她壓抑著，不讓自己哭出聲音。

艾力克用大毛巾幫小文擦乾頭髮，然後用吹風機吹著，他的手機不知響了多少回，他卻無動於衷。

小文媽媽催著他，「快要天亮了，你不是要趕早班飛機嗎?」

艾力克將小文的頭輕輕擱在枕頭上，順了順她的短髮，然後，他撫了撫小文的面頰，親吻她的額頭，然後告訴她，「我會每天都跟你通電話，好好休息。」

小文跟艾力克揮揮手，說「see you Narnia」，她似乎知道，下次再見，可能是在納尼亞了。

舒雅凝神望著艾力克的身影消失在門後，她終於忍不住，跳起身來，追了出去，叫住他，「艾哥哥！」

艾力克回身跟她來個大擁抱，在她額頭上點了三下「要加油」的暗號，跟她說，「舒雅，你要好好照顧自己，還有小文！」

他快步走向電梯，舒雅知道，他的淚水快要衝出眼眶了。

自從醫生發出小文的病危通知後，舒雅在學校上課，每天都很緊張，擔心隨時會接到小文的壞消息。老師也特准她可以帶手機上學。

她好希望每天晚上都去探望小文，可是，小文媽媽說，「這幾天，小文要跟家人在一起。」小文一定有很多話要跟她爸爸媽媽，還有其他親人說。

舒雅即使牽掛，也只能為她禱告。

一天傍晚，她剛走進家門，手上提著巷口買的炒麵，突然手機響起，小文媽媽急忙說，「舒雅，你趕快到醫院來。」就掛斷了。

她嚇得整袋麵掉在地上，來不及擦拭地板，慌忙走出大樓，卻怎麼也等不到計程車，她急得跳腳，呼吸急促、腦袋發脹，嘴裡喃喃，「不管是上帝還是亞斯藍，一定要讓我見到小文姊姊。」

逼不得已，她只好攔下路過的私家汽車，說明原委，拜託開車的阿姨載她一程，「拜託你，我的朋友病危，我要趕過去，不然來不及見她了。」她邊說邊發抖，不由哭出來。

當舒雅急匆匆趕到醫院，正要跨進電梯，她卻猛地縮回腳步，她不曉得將要面對的小文，會是什麼模樣？她從來沒有面對面看過一個人停止呼吸，告別世界，她開始害怕，她——要上樓嗎？

也不過幾秒鐘耽擱，舒雅甩甩頭，心想，小文是她的好朋友，她有什麼好怕的？

推開病房門，才發現已經有好多人圍在小文床邊，小文的親戚、醫護人員、一起奮戰的癌童和家長……，小文正逐一念著大家名字，不像來送別，好像參加小文的生日宴。舒雅不習慣這樣的場面，找了一個角落，半隱藏在人群裡。

過不多久，小由也從宜蘭趕來，大鳥則從廣州趕回，一直關心她的香港藝人也透過視訊，唱歌給她聽。

小文首先謝謝她的醫療團隊，骨科、泌尿科、胸腔科……醫師，還有護理及社工人員。尤其是之前經常跟她擺臭臉的廖護理師，小文特地謝謝她，「我知道，你沒有惡意，你只是害怕，謝謝你幫我打針都是一針見血。」

大夥忍不住笑了，小文就是這麼可人，即使這樣哀淒悲傷的告別會，她卻讓大家的心不至於太沉重，彷彿是一場感恩大會，讓大家都有機會彼此說謝謝。

她跟大鳥擁抱，說，「謝謝你一直對我那麼好，別忘了交個女朋友喔，我會在天上為你演奏《結婚進行曲》。」

她也把小由叫過去，輕聲說，「用功很好，但是不要太拚喔。身體很重要。」

說了太多話，小文好喘好喘，她媽媽勸她休息一下，她堅持繼續說，就怕來不及說出心裡的話。

舒雅把自己藏在高大的大鳥身後，拒絕跟小文說話。小文太過分了，為什麼不再奮鬥一下，為什麼可以拋棄她先走。她如果不跟小文說話，小文無法道別，她就不會走吧！

可是，她還是逃不掉的，小文特意把她留在最後面，招手要她過去。她穿過小小人群，對她來說，短短幾步路，卻好像永遠走不到。

小文邊喘邊說，「不要那麼愛哭，你要繼續完成我沒有完成的任務。我只是先去預備地方，我們納尼亞見喔……」

舒雅哭個不停，什麼話也說不出，只是握著小文的手，滴滴答答掉下眼淚。

就在氣氛盪到谷底時，小文突然精神煥發的跟大家說，「是誰的肚子在咕咕叫？肚子餓了喔。我都說完了，你們可以去吃晚飯了。」

看到小文的模樣，舒雅嚇到了，難道真的是奇蹟出現？小文不走了，她會活下來。

眾人三三兩兩下樓去餐廳吃飯，舒雅站在病房門口，卻聽到有人說這是迴光返照，小文終究是要去當小天使的。

舒雅承受不了壓力，跑出病房，獨自衝到陽台上大喊，「上帝！小天使會不會太多了？」

藍藍阿姨擔心舒雅，跟著她到陽台，把舒雅抱在懷裡，安慰她說，「小文本來就是天上的天使，上帝派她來執行愛的任務，現在任務完成了，所以，她要走了。」

舒雅抽抽答答問，「天堂早就客滿了，上帝需要這麼多小天使幹什麼？小薔應該是最後一個，為什麼不能到此為止？我不要小文姊姊走……我不要……」

她好害怕自己也會有這一天，她不要死，她還年輕，她沒有享受過生命的美麗。她怕死了，幾乎快要崩潰的嚎啕大哭，要哭出所有的恐懼與悲傷。

藍藍阿姨緊緊抱住她，「孩子，想哭就哭吧！」

12 有一條路通往幸福

如果知道一件事情即將發生，你卻不願意它發生，那種心情的煎熬是很難受的，彷彿走在十字路口，左右兩股勢力不斷拉扯，幾乎把你扯成兩半。舒雅就在這種心情之下，度過每一分鐘、每一小時。

她一方面渴望奇蹟，一方面又覺得奇蹟可能很難出現了，想到小文被癌細胞侵犯的每個部位都那麼痛，只能靠著氧氣、嗎啡，虛弱的支撐著，自己每一次的心跳呼吸，好像都是一種罪過。

放學時，明知自己害怕面對，還是忍不住繞到醫院去，隱身在小文病房附近的柱子後面，看著門上掛著「謝絕探訪」的牌子，沒有人進出，這表示小文還在掙扎，還沒有離開。

舒雅從未這麼傷心，即使媽媽離開，她也沒有這麼哀傷，因為媽媽總有一天會回來，但小文卻不是這樣。她隱約覺得，不是小文不努力，而是她已經做好離開的準備，如同藍藍阿姨說的，小文到世界上執行上帝派給她的特別任務，任務完成了，她就要回上帝那兒報到。

晚餐時，舒雅的胃口很不好，撥弄著爸爸費心烹調的咖哩牛肉飯，卻一口也吃不下去。爸爸緊張的問她，「雅雅，是不是不舒服？」

舒雅卻突然拋出一個問題，「爸，電影裡的情報員完成任務後，頂多休假幾天，就會立刻接到下一個任務，除非他們受傷或是要退休了。但是小文又不是年紀大到必須告老還鄉。」

爸爸想了一想，很謹慎的說，「每朵花都有它的生命周期，但是，在花朵綻放期間，卻不知道它會不會遇上狂風暴雨，因而提前凋謝。雖然如此，每朵花還是努力展現它的美麗、散播它的芳香。我相信小文也是這樣。」

生命的開始與結束，真的是奧祕嗎？沒有一個人可以預知自己的未來，包括她在內。

夜裡，勉強把功課寫完，舒雅關上燈，打開窗戶，今晚的氣溫正好，是個溫暖的冬夜，有點涼意卻不冷，甚至天空還有幾顆星星閃爍著，星星到底是已經死去的人變的？或是即將來到世界上的人？還是一個個守護人們的天使化身？

她躺在床上，望著窗外的星空，翻來覆去睡不著，過了好一陣子，乾脆爬起來，打開電腦，在臉書上記錄自己的心情。

正寫道「生命有時像豆腐，軟弱得不堪一擊，有時又像鋼鐵人，誰也打不倒他……」，窗外竟然刮起一陣風，桌上的書本倒了下來，她也忍不住打了一個噴嚏，怎麼天氣突然變冷了？她站起身，正要關上窗，似乎聽到一聲

輕嘆，輕到幾乎聽不見，好像亞斯藍正在用他溫柔的聲音呼喚所有的動物回到納尼亞。

她不禁起了一身雞皮疙瘩，再度倒回床上，剛剛閉上眼，她就接到藍藍阿姨的電話，「小文走了，很平靜，在睡夢中離開的。」

小文離開的時間，正是舒雅窗外吹過一陣風的時候，莫非，小文特地來跟她告別。

舒雅沒有哭泣，她披上外套，趴在窗口，跟灰暗的天空揮揮手，似乎天上多了一顆星星，正在對她眨眼睛，她輕聲說，「小文，再見！納尼亞見。」

到底是什麼時候睡著了，舒雅也不清楚，直到爸爸叫她起床，她恍惚還在夢境之中，迷迷糊糊睜開眼問爸爸說，「小文……真的走了？」

爸爸點點頭，舒雅這才忍不住放聲大哭，她終於知道，那不是夢，她再也看不到小文了，她軟弱孤單的時候，再也不會聽到小文為她加油打氣說，「舒雅，不要怕，我陪你。」

小文爸媽決定在小文從小長大的教會舉行安息禮拜。

安息禮拜這天，不但寒流過境，天上還飄著微微細雨，有人說雨絲也變得如此溫柔，好像代表小文在安慰大家。舒雅卻覺得這是小文灑下甘霖，滋潤每個人的心。

教堂的布置以紫色為基調，因為小文喜歡紫色，她常常說，「紫色看

起來好高貴、好奇幻，就像我們每個人的生命一樣。」

各式各樣深紫淺紫的花，讓安息禮拜顯得不那麼哀悽，好像小文不是死亡，只是短暫的離開，有一天大家還會見面。而大小花籃上的卡片，更是寫滿了大家思念小文的話語，「我想你，小文。」「小文，你是我們的寶。」或是「小文，天堂再見。」

即使是這麼惡劣的天氣，現場依舊來了許多人，除了親朋好友、醫護人員、癌童家屬，經常到醫院探訪小文和其他癌童的名人、藝人，還有許多是透過網路得到消息，主動前來參加，想要送小文最後一程的陌生朋友。

安息禮拜進行的過程中，有人獻樂、有人獻唱。之前拒絕參加癌症募款音樂會的舒雅，這次卻鼓起勇氣跟小文媽媽說她要唱歌，而且是她自己作詞作曲的歌——〈小文鳥〉，特別邀請兒癌病房裡曾經照顧過小文的護理師倩倩阿姨伴奏。

快要輪到舒雅表演時，她不自覺緊張起來，擔心自己突然唱不出聲，因為就在兩天前，她感冒了，喉嚨沙啞，連說話都很困難，但是，她決定不再逃避，她要讓小文看到，她變勇敢了。

小由輕輕握著她的手說，「你只要想著小文正在納尼亞的草原奔跑，她正在笑笑的跟我們揮手……，你一定會唱得很好。」

舒雅緩緩走上台，不禁想起自己上台代表畢業生致答辭已經是一年多前的事，她摔下台，斷了腿，從此人生改觀。再次上台，又會是什麼情景呢？

她深呼吸，跟彈琴的倩倩阿姨點了頭，把眼光放向

窗外的天空，天空灰灰暗暗的，隱約有個角落透出陽光，她用心唱出她寫的〈小文鳥〉。

當我傷心絕望的時候　小文鳥出現在我的窗台
她歪著頭眨著圓眼睛　好像告訴我別哭別哭
當我茫然無助的時候　小文鳥揮動著翅膀
奮力飛向遙遠的天空　好像告訴我別怕別怕

每個人心中都有一隻小文鳥
她帶給我們愛帶給我們歡笑
每個人都忘不了這隻小文鳥
她是陽光她是藍天她是喜樂的泉源

舒雅順利的唱完歌，唱出她心裡對小文的感謝與懷念，在掌聲中，她似乎聽到許多人啜泣的聲音，因為台下有不少人都曾經受到小文的激勵，鼓起勇氣繼續走下去。

當大鳥代替大家上台說話時，他先朝天花板揮揮手說，「小文，你好嗎？我們都好想你。」然後他接著說，「小文本身就是個奇蹟。醫生說過，她那麼嚴重的病情，換了別人，可能早就放棄，或是早就離開世界了。可是，她很努力，她不放棄任何機會，她很勇敢，面對許多治療中的苦痛，一次又一次跨越，開刀、化療，身上滿是疤痕，這些大家都知道。我一直以為，小文的病能獲得醫治，可以跟我們一起活到一百歲才是奇蹟，但是，現在我才明白，一個人可以快樂的活著，並且把快樂帶給別人，這才是奇蹟。我要代替大家說一聲，小文，謝謝你。」

掌聲更加熱烈，因為大家都認同大鳥的話，小文本身就是一樁奇蹟。

舒雅似乎也有些明白，她懇求那麼久的奇蹟，上帝其實早就給了她。她跟小文的相識不就是奇蹟嗎？癌症雖然很討厭，可是卻讓她認識了小文。

只是，讓她生氣的是，在醫院裡一起奮戰的癌童們，有好幾位都沒有來，想當初，小文多麼照顧他們，陪他們去手術室，吐得死去活來時講笑話給他們聽，甚至不斷為他們禱告。

當她這麼抱怨時，小由輕輕拉拉她的外套，「你不要責怪他們，他們家裡忌諱，不讓他們來。」

舒雅歎了一口氣，想起醫院裡那些奇怪的迷信，只是為了求得心安吧！他們擔心自己的孩子好不容易得到醫治，萬一來參加小文的安息禮拜，會感染死亡的氣息，搞不好癌症又復發了。

如果真是這樣，我們身邊每天都有死去的細菌、螞蟻、蟑螂、蚊子、甚至花朵樹葉，我們也會死掉嗎？舒雅很想這樣問他們。

若不是舒雅曾經面對死亡，她的感受不會如此深刻，原來，大家還是害怕死亡的，她，不也是如此嗎？

安息禮拜結束，親友們準備搭車送小文的骨灰到山上時，氣溫似乎又下降了，雨勢也變大了，舒雅請爸爸到便利商店幫忙買雨衣，爸爸勸她、藍藍阿姨也勸她，「你在感冒，不要上山吧。」

「小文會不會怪我？」

小由走過來說，「等天晴了，我們再一起上山，小文一定不願意我們因為送她生病了。」

雨滴沿著玻璃流下來，像一行行的淚水，只要舒雅沒有看見小文埋進土裡，小文就可能還活著。她隨時可以從納尼亞回來，像露西他們一樣。

於是，舒雅跟小由他們，站在教堂門前目送小文的專車，駛向遙遠的山上。

雖然快要過年了，舒雅卻開心不起來。她常常哭，日裡哭、夜裡哭，想起來就哭。有人約她到醫院探訪其他癌童，她也不想去。

她甚至夢見自己是一條龍，飛到天上，卻找不到小文，嚇得哭醒過來。什麼叫作「觸景傷情」，她終於能夠體會。

因為媒體報導過小文跟癌症奮戰的故事，加上大鳥、艾力克的推波助瀾，許多人都被小文感動，甚至計畫拍攝她的電影。

過年後不久，大鳥特地安排電影導演跟舒雅見面，導演問她，「你要不要演電影，飾演小文？你的氣質很好，跟小文也有一點像，你是最適合的人選。」

「小文是沒有人可以取代的。」舒雅回答他們。她可以延續小文精神，關心鼓勵癌童們，但是，她不想扮演小文，小文是真正的天使。她的笑容、她的幽默、她的招牌動作，再像也只是模仿。

「就讓小文活在大家心裡吧。」

這是舒雅的結論。

「你不考慮一下？拍成電影，可以影響更深遠，除了台灣，還會到亞洲、甚至美國、歐洲。」導演繼續說服她。

舒雅搖搖頭，不再多說。他們不會懂的，小文就是小文，她本身的故事就是最棒的，不需要透過電影或電視劇。

舒雅回到家，意外發現門口有兩個大行李箱，不像是爺爺奶奶或是外公外婆

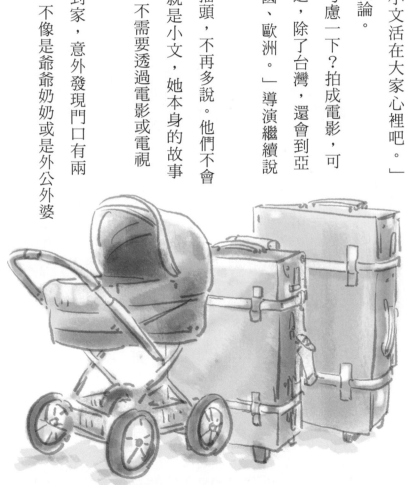

的。會是誰到她家來？難道是爸爸偷偷交了女朋友？

她氣呼呼的踏入玄關，衝進去大叫，「爸爸！」

客廳沒有人，靜悄悄的。

不顧一切扭開爸媽臥室的門鎖，舒雅被眼前的場景嚇到了，只叫了「媽……」，就呆在原地。

竟然是媽媽躺在床上，懷裡抱著小嬰兒，小嬰兒好小，應該生下來沒有多久。雖然她一直渴望有個弟弟妹妹，可是，此刻的她，心裡卻沒有一絲歡喜，有一種遭到背叛的感覺。

媽媽跟她招招手，「雅雅，來看你的弟弟。」

舒雅的兩隻腳好像黏在地上，無法挪動半吋，媽媽為什麼要瞞住她？是擔心弟弟會被癌症傳染，死掉？還是，別的原因？

她的腦袋一片混亂，這時，爸爸從洗手間走出來，呼喚舒雅，「你不是一直要見媽媽？媽媽回來了，你怎麼不過來呢？」

「媽媽為什麼躲在外面生小孩？」舒雅憤憤的問。

「我當時害喜很嚴重，身體不好，擔心影響你，所以，我到別的地方住，直到把你弟弟生下來。」

「你害喜，害怕接觸到我的死亡氣氛，所以才逃走，對不對？你根本是為了保護弟弟，才拋棄我。你以為我會死掉，對不對？弟弟才能帶給你希望。」

舒雅從啜泣變成哭泣，終至放聲嚎啕大哭，把幾個月來的冤屈哭出來，她想念媽媽，甚至願意原諒媽媽，結果，媽媽竟然如此殘忍對待她。

一個是即將死去的生命，一個是即將誕生的生命，媽媽選擇擁抱新生，卻忘了，舒雅也可能獲得新生。

爸爸走過來把舒雅抱在懷裡，拍撫著她的背，安慰她，「雅雅，媽媽擔心刺激你，所以才躲起來的，她也很矛盾……」

舒雅用力甩開爸爸的手，「你們兩個聯合起來欺騙我，我討厭你們。」她氣沖沖跑回房間，鎖上房門，把自己埋進棉被裡。媽媽欺騙她、爸爸背叛她，小文又離開她，她是一個沒有人關心、沒有人愛的孤兒，她難過得好像整顆心都要嘔出來了。

艾力克主演的電影非常賣座，票房突破一億元，電影公司舉辦慶功宴，所以，艾力克特地回到台北，打電話跟舒雅聯絡，邀請她參加慶功宴。

「最近好不好？有沒有乖乖吃飯啊？」艾力克一貫的輕鬆愉悅。

舒雅說的直接，「我不好，一點都不好。我以前很努力的想要活下去，現在我覺得死活都沒有關係了，因為媽媽已經有了小弟弟，不需要我了。」

「真的嗎？你要不要問問看小文，她是不是同意你的決定？」

艾力克知道這件事不是三言兩語說得清楚，於是他提議一起上山看小文，「我會在台灣停留一段時間，你記得邀請小由，春天了，山上的花應該也開了。」

他們三個人當時都沒有送小文上山，很快的達成共識。周末清早，由艾力克開車，載著舒雅、小由，經過淡水、三芝，沿著北部濱海公路緩緩前駛。

小由十分興奮，「艾哥哥，謝謝你載我們出來，我已經快要被功課壓得喘不過氣來。」

「不要給自己太大壓力喔！舒雅，對不對？」

「嗯！小文臨走前跟小由說過，成績重要，身體更重要，我們都曾經失去過健康，更要珍惜，可是小由都不聽。」舒雅乘機打小由報告。

「好啦好啦！我今天帶出來的書我不讀可以吧！」小由索性按下車窗，

讓海風拂過她的臉她的髮。她爸爸選擇放棄化療，讓小由回家接受中藥調理，因為心情放寬，加上媽媽返家，出乎意料的，小由的復原情況很好，「喜樂的心，乃是良藥」，這句話說的不錯，連帶的也給其他癌童家屬無限希望。

小文去世已經兩個月，當初的悲傷慢慢轉為思念，他們一路聊著小文過去的點點滴滴，偶爾有淚含在眼眶，那是因為他們的心再度充滿小文的一顰一笑。

天氣暖和許多，山坡地上開了許多黃色、白色，還有紫色的小花。

尋找到小文的住處編號，站在她的墓碑前，舒雅想著，小文只剩這麼一丁點的空間，她會覺得擁擠嗎？就像她們有一回三個人擠在小文床上玩撲克牌，一邊聊天，不小心睡著了，小文竟然一腳把小由踢下床。這個小墳墓更小，小文如何伸展四肢？

艾力克提議說，「我們既然來了，每個人都跟小文說幾句話吧！舒雅，你也可以問問小文的看法。」

「什麼看法？跟你媽媽生弟弟有關嗎？」小由連忙問。

舒雅嘆口氣，「問什麼問，小文一定不會贊成我的想法。」然後她跪了下來，輕聲跟小文說，「你知道我很生氣，媽媽偷偷生了小弟弟，卻瞞著我，這樣我死了，她也不會傷心，有人可以代替我了。不過，爸爸應該會很傷心，還有你、小由、跳跳球應該也會傷心，所以我不會放棄自己的，你的每句話我都記得，謝謝上帝讓我認識你。」

小由三句話不離課業成績，她跟小文說，「我不想讓別人瞧不起，以為我們得過癌症的人就很混，我會加倍努力，希望以後可以當醫生，救治更多的人。就像舒雅說的，小天使已經夠多了，不要再讓其他小朋友變成小天使。」

艾力克坐在草地上，輕輕撫摸著小草，好像撫摸著小文的頭髮，他問，「小文，是誰幫你洗頭髮呢？還是，你不用洗頭髮，每天的頭髮都可以飄舞起來。雖然我一直沒辦法接受你離開的事實，但是我知道，你就像一粒落在土裡的麥子，自己雖然死了，經過一段時間，會結出更多的麥子，一定會有許多人延續你幫助人的精神。還有，謝謝大鳥帶我認識你，在我失意時，用你的笑臉鼓勵我。所以，我決定今天要跳舞給你看。」

舒雅、小由聽到這句話，不由尖叫起來，「啊？你要跳街舞？你的腳可以嗎？」

艾力克似乎是有備而來，他拿出MP3，放在草地上，當音樂播出時，他就在旁邊的空地上跳起街舞，舒雅和小由從未看過他跳街舞，即使在電影裡，他也沒有跳過，沒想到竟然跳得那麼好看，不管是breaking、locking、hiphop……，每個甩手、跳腳和肢體的律動，都如此協調，跟好萊塢那些尬舞

電影的高手相比毫不遜色，若不是他受過傷，他一定可以成為街舞達人。

舒雅和小由拚命鼓掌，舒雅忍不住問，「你在慶功宴都沒有跳舞，說是要跳給你喜歡的女生看，難道你喜歡的是小文姊姊？」

艾力克淡淡一笑，不置可否，說，「你和小由不也看到了我跳舞。」

說也奇怪，在這座有點高度的小山上，竟然飛來一隻小文鳥，站立在小文的墓碑上，歪著頭打量他們，好像在聽他們說話。

舒雅知道，小文並沒有離開，她變成小文鳥、一陣風、一段旋律或是一道彩虹。小文最後一次上台義演時，曾經說過，即使到了天堂，她也會繼續演奏，「只要有心，你們一定會聽到的。」

望向遙遠的大海，耳邊隱約傳來溫柔的樂音，「一步又一步，這是盼望之路，你愛、你手，牽引我走這人生路。」

天一路藍過去，深藍淺藍之間，好像隱藏著一條神祕的道路。這路，通往的不是死亡，而是幸福。

小文常常提醒她，不要問自己可以活多久，而是把每一天每一刻過好就好。

她除了把自己過好，她也要繼續捍衛其他罹癌的孩子。天上的天使、地上的舒雅、小由、艾力克、大鳥……，他們會攜手織起這張愛網，鼓勵癌童，讓每個人都可以嘗到幸福快樂的滋味。

遠方，屬於舒雅的太陽正緩緩升起。

國家圖書館出版品預行編目資料

天使不回家／溫小平文；詹迪薾圖. -- 初版 . --
台北市：幼獅, 2014.06
面； 公分. --（小說館；8）

ISBN 978-957-574-960-6（平裝）

859.6 103008009

・小說館008・

天使不回家

作　　者＝溫小平
繪　　圖＝詹迪薾
出 版 者＝幼獅文化事業股份有限公司
發 行 人＝李鍾桂
總 經 理＝王華金
總 編 輯＝劉淑華
主　　編＝林泊瑜
編　　輯＝周雅娣
美術編輯＝游巧鈴
總 公 司＝10045台北市重慶南路1段66-1號3樓
電　　話＝(02)2311-2832
傳　　真＝(02)2311-5368
郵政劃撥＝00033368

門市
・松江展示中心：10422台北市松江路219號
電話：(02)2502-5858轉734　傳真：(02)2503-6601
・苗栗育達店：36143苗栗縣造橋鄉談文村學府路168號（育達科技大學內）
電話：(037)652-191　傳真：(037)652-251

印　　刷＝崇寶彩藝印刷股份有限公司
定　　價＝250元
港　　幣＝83元
初　　版＝2014.06
書　　號＝987220

幼獅樂讀網
http://www.youth.com.tw
e-mail:customer@youth.com.tw

行政院新聞局核准登記證局版台業字第0143號

幼獅文化公司／讀者服務卡／

感謝您購買幼獅公司出版的好書！
為提升服務品質與出版更優質的圖書，敬請撥冗填寫後（免貼郵票）擲寄本公司，或傳真（傳真電話02-23115368），我們將參考您的意見、分享您的觀點，出版更多的好書。並不定期提供您相關書訊、活動、特惠專案等。謝謝！

基本資料

姓名：……………………先生／小姐

婚姻狀況：□已婚 □未婚　職業：□學生 □公教 □上班族 □家管 □其他

出生：民國……………年……………月……………日

電話：（公）……………（宅）……………（手機）……………

e-mail：……………………

聯絡地址：……………………

1.您所購買的書名：**天使不回家**

2.您通常以何種方式購書?：□1.書店買書 □2.網路購書 □3.傳真訂購 □4.郵局劃撥
（可複選）　□5.幼獅門市 □6.團體訂購 □7.其他

3.您是否曾買過幼獅其他出版品：□是，□1.圖書 □2.幼獅文藝 □3.幼獅少年
□否

4.您從何處得知本書訊息：□1.師長介紹 □2.朋友介紹 □3.幼獅少年雜誌
（可複選）　□4.幼獅文藝雜誌 □5.報章雜誌書評介紹……………報
□6.DM傳單、海報 □7.書店 □8.廣播(　　　　　)
□9.電子報、edm □10.其他……………

5.您喜歡本書的原因：□1.作者 □2.書名 □3.內容 □4.封面設計 □5.其他

6.您不喜歡本書的原因：□1.作者 □2.書名 □3.內容 □4.封面設計 □5.其他

7.您希望得知的出版訊息：□1.青少年讀物 □2.兒童讀物 □3.親子叢書
□4.教師充電系列 □5.其他

8.您覺得本書的價格：□1.偏高 □2.合理 □3.偏低

9.讀完本書後您覺得：□1.很有收穫 □2.有收穫 □3.收穫不多 □4.沒收穫

10.敬請推薦親友，共同加入我們的閱讀計畫，我們將適時寄送相關書訊，以豐富書香與心靈的空間：

(1)姓名……………e-mail……………電話……………

(2)姓名……………e-mail……………電話……………

(3)姓名……………e-mail……………電話……………

11.您對本書或本公司的建議：

廣　告　回　信
台北郵局登記證
台北廣字第942號

請直接投郵　免貼郵票

10045　台北市重慶南路一段66-1號3樓

幼獅文化事業股份有限公司

請沿虛線對折寄回

客服專線：02-23112832分機208　　傳真：02-23115368

e-mail：customer@youth.com.tw

幼獅樂讀網http：//www.youth.com.tw